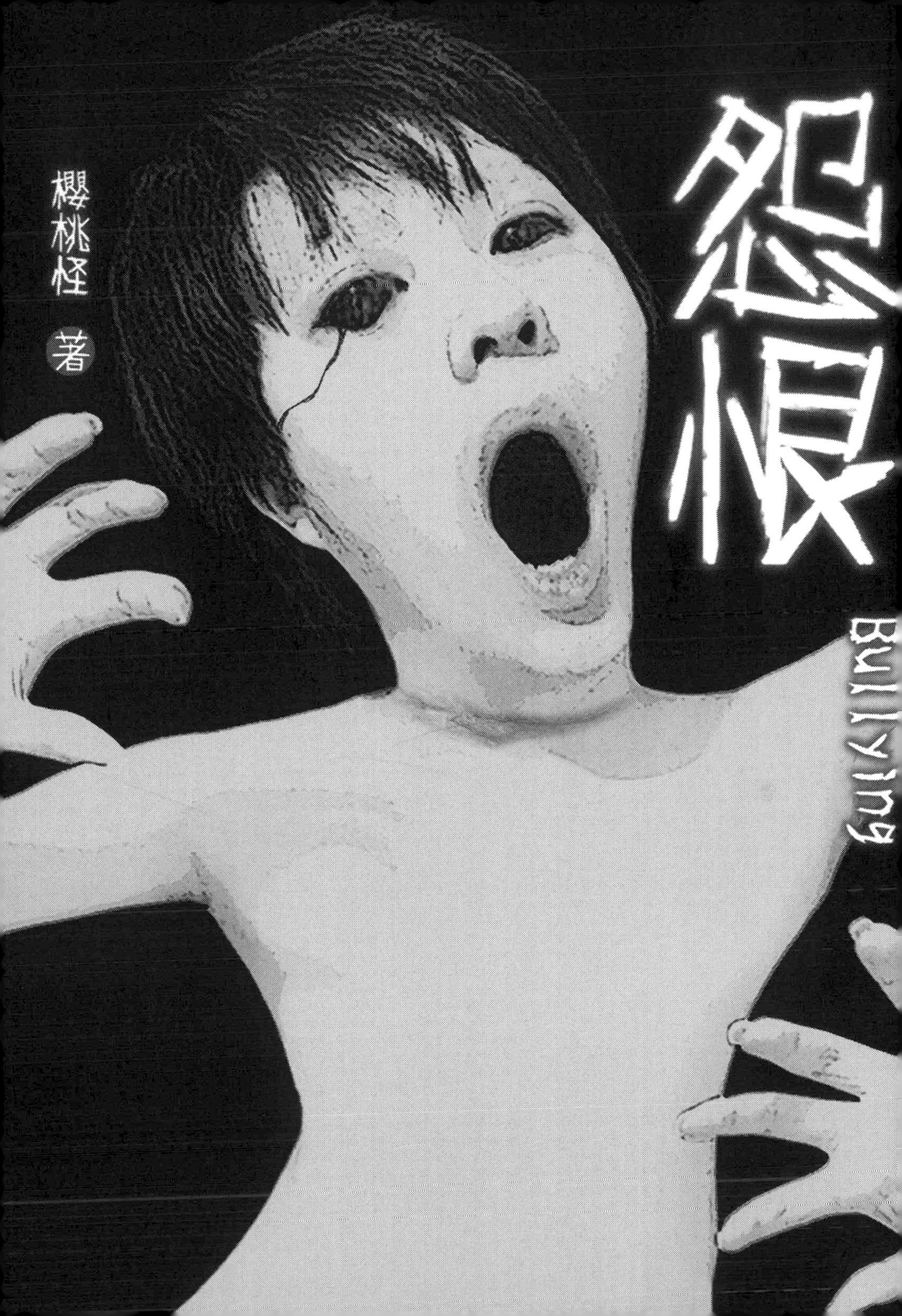
怨恨
Bullying
櫻桃怪 著

序

「愛」在「恨」的面前顯得毫無力量。

是的，恨意是人類最強大的一種情緒，也是力量最大的，更是久久無法消除的，更遑論死後的亡靈。

當一個人原本該有的幸福平淡人生被硬生生打破時，那時就會產生絕望，生成「怨恨」。

而當這個人抱著這種強烈的恨意死去時，亡魂將無法輪迴、轉生，一直徘徊在人世間不得安寧，直至他的恨意了無為止。

特別是自殺死去的亡魂，死後造成的悔恨與不甘心將再次加深這股「怨恨」，被逼至絕路的，其這些怨靈的恨意大到令人無法破除的地步，其力量也是人類無法想像的。

然而這樣的恨意會持續到何時無人知曉。

序

在平白無故無故下受到壓迫死去的亡靈，反噬的力量、無盡的輪迴、狂妄的人類，醜惡的人性，可恨與可憐的界線的一步之遙。

被捲入「怨恨」的人，難以幸免於難。

亡魂的反噬報應，受到殃及的無辜者，怨恨的無限擴大。

一場霸凌，一場屠殺，終究造成無法挽回的悲劇，並且會不斷擴大，直到它吞噬掉你。

目錄

第一章 李長庭

他死了，昨日被發現於自家臥房懸樑自盡，聽說被發現的時候已斷氣許久，脖子已經快要被繩子勒斷了，眼睛仍瞪得老大，被擠壓得突出眼眶。

今日早會班導穿著樸素，來告知了班上這個消息，同學們或者驚訝、或者感嘆，或者紅了眼眶，好似在回憶著和他朝夕相處的點點滴滴，而班導默默地拿出手帕擦拭著眼淚，而同學們緊繃的情緒也因班導此舉而潰堤，大家抱著頭哭成一團，敬著曾經的同學情誼？

李長庭只是雙眼無神地愣著、眉頭緊鎖，他的情緒複雜，還無法做出反應，他再看看大家，邊聽著班導哽咽地說起：「翊容是位多麼乖巧用功的學生，爲何如此這般想不開而走了，拋下了我們這些愛他的人……」

這個早晨便在這樣大的消息震撼與班導的勸世演講中渡過。

接著今天一整天下來，每堂課的老師們都叫大家節哀順變，接著開始講起人生大道理，不忘時不時提到翊容他平日在學校多快樂，怎麼會突然地自殺了，還說道如果同學們家裡有什麼狀況一定要說出來，有老師能幫的老師一定竭盡所能。

一直到快放學時，大家都很安靜，沒什麼人在交談，下午便沒再見到班導，聽聞班導因傷心過度，身子不適中午先行返家休息。

鐘聲一響，學生們紛紛步出校門，有些有說有笑地走在一起，有些則孤單地低著頭快步離去，夕陽的鋒利光芒將學子們的影子拉長，如同高聳的死神般，應景了這被染成血紅色的天空。

不知道翊容的事情是否已傳到全校耳中了，成爲他們閒暇時分的話題了呢？

李長庭直至深夜都無法安穩入睡，茫然不解，今日老師同學們的反應究竟存何心態，眞是爲了悼念嗎？亦或是不使旁人非議？

他們的那些淚水，可眞叫人感到諷刺。

翊容走上絕路的原因，長庭可是清楚得很，但是他無法爲此做些什麼，眞的無法，算翊容枉死。

長庭此刻，愧疚、後悔、驚訝、恐懼，樣樣皆具。

翊容是個好人，並不特別外向，但他富有正義感，長庭比誰都清楚，他一閉上眼好像就可以夢到翊容吊著繩子晃動的模樣，這個夜晚，不安寧。

幾日過後，聽聞翊容的父親竟也因傷心過度導致積鬱成疾，已隨著翊容離世，翊容是單親家庭，如此一來，便是父子雙亡、家破人亡。

「怎麼會……怎麼會這樣……」長庭詫異，但……

前幾日還看似悼念著同班同學離世的大家，今日倒有閒情逸致悄悄閒話起了他們父子兩一前一後自殺離開人世之事，長庭是沒聽見大多內容，但也感覺得出他們話裡行間的一絲輕浮，就連班導也一轉態度，刻意避開不提及此事，如事出前那般教課，看不出半分悲憫。

果然，之前那般模樣不過就是他們意思意思就做做戲罷了，如今大概是幾天過去不想再演了。

一如長庭所想，什麼時候班導這麼喜歡翊容了？什麼時候同學們對翊容好臉色看了？不過只想在他死後不想惹來其他班同儕疑心而做做樣子，只是這沒過幾天便原形畢露了。

白翊容或許就是活生生被你們逼上絕路的。

當天他看著大家一個個演著戲，才使他情緒一片空白，爲何大家如此令人反胃，竟可以演成如此感慨良多的模樣，還有班導，長庭可從未看過他平日裡這麼關心過翊容，怎麼人一死，可以說得好似她鍾愛的學生一般？

馮克航那群人的模樣看了更是令人眼氣、令人看了發瘋。

可是現在的長庭眞的有資格這樣內心裡指責他們嗎？

他也是旁觀者，又或者是一位背叛者，可是若他當時不這麼做的話，今日被逼上絕路的恐怕便是長庭了呀。

木已成舟，人還活著時他無法爲死者做些什麼，如今人已走了，他該爲死者祈福，祝願死者一路好走。

放學後，長庭前往了翊容同學的住處，因爲這是他熟悉的路，離學校也並不遠，然而在他的公寓門口聚集了一些中年人，大概是他的鄰居們吧，只見他們燒著紙錢，交頭接耳地說著話。

長庭站在柱子後，正猶豫著要不要上前去問問時，聽見離自己最近的兩位婦人的談話。

「阿容是個好孩子，雖然很害羞，但也很有禮貌，不可能就這樣自殺呀，唉……現在連白先生也……」

「警察才剛走呢，我親眼看到屍體被抬出來，白先生可是全身僵硬，看起來是悲憤至死呀！」

「唉，他也就只有阿容一個兒子，平常又孤僻，看著阿容死在自己眼前，怕是這後半生也沒半點希望了吧。」

「是啊！從阿容過世後，我每晚都能聽到白先生他的哭聲呢！」

「唉，這下子我們這裡怕是要變成兇宅了，他們父子倆接連而死，我們在這裡燒燒紙錢也沒辦法平息這裡的陰氣了，我看我們還是早點搬走吧。」

「我正是這樣想，我去跟我兒子他們一起住，反正這裡暫時不回來了，不吉利啊！」

「唉，我也這麼打算，只是這阿容也真是可憐，才國中，年紀輕輕就這樣想不開，妳說，是不是他在學校被同學給欺負了？」

「如果是這樣，那些人一定會受到報應，這種死法往往是怨氣最重的！」

長庭默默地聽著，聞著紙錢被火焚燒的味道，嚥了下口水，接著慢慢地回身返家，這塊地已經成了鄰居眼中的不詳之地，因父子倆皆含冤而死，他很清楚。

又是一周、或是幾天過後，長庭已經不記得了，班上的氣氛竟已變回從前，老師們照常地上課，同學們下課開始喧囂打鬧，唯一不變的便是白翊容那空著的桌椅，眼下放學無人，長庭上前仔細瞧了瞧它，曾經被筆亂塗過的痕跡已經洗刷，只留下淡淡的痕跡。

「呦，你是不是很難過啊？」冷不丁的，諷刺聲傳來。

長庭倏地回首，果然是馮克航。

「不過回來拿個筆就看到你在這盯著這桌子看，怎麼，你的替死鬼死了讓你很難過是嗎？」馮克航輕藐地說道，「死人的東西就不該擺在我眼前晃，偏偏你多嘴讓邱嘉欣留下這髒東西。」

的確，本來大家想將白翊容的桌椅挪出教室外，是長庭私下向班導提議讓桌椅保留，畢竟翊容曾與他們一同走過兩年多的時光，就當他還與我們一同奮鬥，是長庭想要爲翊容最後做點什麼，只是不知怎地會傳到馮克航這傢伙耳中。

「我沒有啊……」長庭低首，雙手緊握。

「你眞是僞善。」馮克航沒有予以理會，「那個孬孬還在時你是很低調，低調到我都忘了你才是那個最好欺負的，現在你的替死鬼沒了，你說我會該找誰來玩玩呢？」

長庭不敢開口，馮克航見狀再三進言：「你知道那個孬孬爲甚麼死嗎？都是因爲你，要是你乖一點，他就不會被全班排擠了，你怎麼有臉要求留下他的東西？當你夢到他時，他有沒有問你，爲什麼要推他出來當替死鬼啊？」

「我沒有……」長庭用力抿著嘴，淚水在眼眶裡打轉。

沒有人應該要受到霸凌，長庭不該，白翊容更不該，明明是馮克航這幫人行惡，爲什麼要被怪的是受害者，可是他做不到，他不敢反駁，大家都順著馮克航，長庭不能再讓自己變得回從前。

沉默就好，馮克航見狀便提起背包，笑吟吟地拍了兩下長庭的臉後走人。

反正馮克航羞辱他也不是頭一回的事了，他本以爲白翊容的離世可以讓馮克航知錯、懊悔，但並沒有，還是很囂張，班上的同學們也沒有，究竟是他們沒有同理心，亦或是想裝做不在乎好逃避罪惡感呢？

就連他自己也不清楚，他現在的行爲是眞心想替翊容做點什麼，還是只是爲了讓自己的罪惡感少一點？

馮克航有句話說得對，他確實對不起翊容。

長庭擦拭了下眼角的淚，這淚是爲誰流的他也不清楚。

學校的作業進度照常，當晚，長庭在臥房寫作業時，第一次聽見了，好像從天花板傳來吱吱作響的噪音，他正想著是誰哪個住戶在上面亂跳，才想起自家位於頂樓，而上面的空間則只有管理員能進入，因爲住社區頂樓，因此也從未聽過什麼噪音。

可是這聲音……他停下筆仔細地聽了聽，聲音好像是從房間裡傳來的，他環顧了周圍，房間裡除了床、書桌，衣櫃以外沒別的東西了，不太可能發出這種聲音啊。

這個吱吱聲，聽起來倒像麻繩吊著重物，晃動時會發出的聲音。

「啊……」，一想到這裡，他陡然震了下身子。

他又想起那天前去白翊容的住處時，悄然聽到的他們鄰居的對話：「那些人一定會受到報應，這種死法往往是怨氣最重的！」

不太可能……不實際也不現實，但當他聯想到麻繩時，他的腦海中就浮現了白翊容的屍首吊在半空中晃啊晃的畫面，跟這聲音好像……

當他回過神來的時候，他已經縮在被窩裡，那聲音也不知道甚麼時候消失了，而他在恐懼中渡過了一晚。

翌日，長庭還是得拖著疲倦的身子去學校，只是那副腦海中的模樣音容宛在，但他提醒自己，雖不知道聲音怎麼來的，但肯定跟死人無關。

長庭邊想著一邊進到教室，望了下那被遺留下的桌椅，便坐回自己的位置上，剛坐下突然從視線上方落下一個吊著繩子的人！

「啊！」長庭被這突如其來的一幕嚇得大叫。

「哈哈哈哈哈！」笑聲響起，「呦，我還以為他多大膽，被嚇成這樣眞是有毛病哈哈哈哈。」

長庭抬頭一看，原來是馮克航拿著一個把繩子綁在脖子上的人偶，做得像晴天娃娃一樣拿來嚇他。

「原來你也會怕啊？」馮克航提著繩子晃啊晃，那人偶便像上吊的人那樣晃動，「你們有聽到他叫得多大聲嗎？」

「超大聲的耶幹！」

「我還以為你拿假蟑螂嚇他，結果只是個娃娃就嚇成這樣哈哈哈。」

「白癡耶，被這種東西嚇到，有事嗎？」

其他的同學就算沒講話也是笑聲此起彼落，其中一個更是站起來從脖子後拉起衣領吐出舌頭裝作上吊的模樣：「我這樣像不像啊？」

「超像的耶靠北。」

「別這樣，他快嚇死了哈哈哈！」

馮克航領著全班來嘲笑他，睥睨著長庭，長庭默默地接受著這一切，只是抿著唇，低頭看著自己的桌面罷了，馮克航見他這副模樣便稱：「好了，我想膽小鬼受夠了。」此時恰逢班導走進教室，眾人也就自動靜了下來，馮克航則摸了摸長庭的頭，才走回了自己的座位。

馮克航總是喜歡用這種方式來羞辱人，就像一年級剛開學時那樣，他最擔心的事情還是發生了，白翊容的死才過去兩、三個星期，立刻就把欺凌的目標又轉回長庭身上，想起當天班上同學們的反應，對比現在可真叫人感到作嘔。

話說，班導今日的氣色看來不甚佳，她說：「最近我家附近總有鄰居在製造噪音，害我睡得不好，所以有甚麼事先別找我，讓班長去處理吧，今天早會不開了，你們自習吧！」

剛說完便倦怠步出教室，長庭本擔心趁著這段時間，他們又要來找麻煩了，可還好鐘聲一響，他倒可以離開教室去避一避。

長庭立刻就走出了教室，在走廊上溜答到上課鐘聲響才回教室，幸好桌上跟抽屜裡的東西都沒被亂動，他還記得翊容在世時每天受到的待遇，他不想變成那樣，可是現在翊容一死，他們的目標肯定會轉移到長庭身上來的，時間早晚的問題罷了。

那個每日心驚膽顫的日子他不想再過了，好不容易可以低調，不再受到關注，可現在翊容一死，他很快便會成爲眾矢之的，反正還有一年，轉學已經來不及了，只能慢慢地想辦法熬過去。

「翊容啊，是我對不起你，報應不爽，我活該。」他默默地，以無人聽見的氣音說了這麼句話。

當晚，長庭翻閱著翊容生前的社群網站，看起來一切好似沒有問題，出遊的照片、正向的文字，不知情的人肯定以爲他過得很好吧。

長庭還記得，剛開學時的翊容也是那樣的開朗，他和翊容有許多地方相似，秀氣的臉龐、陰柔的氣質，不同的是，長庭爲保自身，可以選擇視而不見、聽而不聞，而翊容可以爲了他人挺身而出，哪怕此舉一把將自己推上風口浪尖，他也不曾怨過。

「對不起……我不是故意的，請原諒我。」長庭看著螢幕上翊容的笑臉，黯然說道。

這幾日，學校裡鬧鬼的八卦變多了，想起今日班導所言，長庭愈發覺得不對勁，但他願是自己被流言蜚語所影響。

明日一早，他睡眼惺忪地起身，可是總覺得哪裡不對勁，才想起怎麼沒聽見鬧鐘的聲音？立刻看向鬧鐘，長庭這才驚覺自己睡過了頭，這才匆匆起身準備更衣。

左不過這才剛坐起身子，便從身後窗簾透過的微微晨光下映出了一個半飄著的人影子，烙印在純白的牆上，左蕩右蕩地懸浮著，長庭嚇得立刻拉開窗簾讓陽光整個透徹照亮臥房，剛才的人影便消失得無影無蹤。

那是什麼？種種疑問在長庭中心炸開，但想想可能只是剛醒來，自己的錯覺罷了，這幾日因翊容的的離世，搞得長庭終日懸心、寢食難安，又被班上那群賤人整得心神不寧。

他眞的覺得好累，好想快點度過這一切，翊容的死，帶給他的打擊眞的不小。

是罪惡感嗎？即便有著罪惡感，那一定也只是偽善罷了，長庭只為自己的懦弱感到愧疚。

長庭今日請了半天的假，他本擔心這一進教室馮克航又要不安好心地搞他，他本擔心他們要用對付翊容一般的手段來對付他，可當他一踏進教室，便立刻感到氣氛的不對勁，就好似幾周前白翊容離世當天的模樣。

他看著大家神色難看，不似前幾日原形畢露，究竟發生了什麼事？

今日下午，原本該是班導的課，卻由一位從未見過的助教代課，事有蹊蹺，長庭根本無心聽課，就連馮克航那幫人今日也甚少出言。

待這堂課結束，長庭便偷偷地跟上那位助教：「老師，等等我！」

助教聞聲回首，「啊，你是剛才二班的學生啊，怎麼了嗎？」

「請問我們班導怎麼了？」

「什麼？你不知道嗎？」助教歪著頭，「上午應該已經告訴你們全班了啊。」

「我早上請病假，班導她到底怎麼了？」長庭不解問道。

「唉……」助教他嘆了好長一口氣，「邱老師她昨晚想不開跳樓自盡了……」

「什麼！」長庭吃驚了好一會兒。

「我也想不通啊。」助教皺著眉頭，擺出若有所思的神情，「邱老師她平常溫文儒雅對待每個學生，或許是她學生的死讓她打擊太大，這才想不開的呀⋯⋯」

溫文儒雅對待每個學生，或許在旁人眼裡確是如此吧。

「啊，快上課了，我得走了，你也別太傷心，班裡走了兩個人，你要好好跟班上的同學說，要他們別因此亂了分神，也算是讓他們提早學習生死離別這件事。」

上課的鐘聲伴隨著助教離開的背影，長庭想著，生死離別嗎，怕是不單純吧。現在班導也走了，多少眞的讓班上的人害怕了起來吧，「冤魂索命」這件事可是已經開始在同年級間私下流傳開來了呢，連校長也提議要請來法師爲學校超度誦經，爲求祈福。

可見翊容的事情大家不是不知道，只是仍由它發生，否則何來「冤魂索命」一說呢？

只是此刻長庭的心中是暗自欣喜，起碼這段時間馮克航那群人不會有餘力再來找他的麻煩，如眞有「冤魂索命」一說，馮克航可得要小心呢。

當年馮克航率頭排擠了白翊容，班上人人向著馮克航，加上白翊容本身那秀氣的臉龐、陰柔的特質，常常被馮克航那群男生押去玩弄，女生也處處瞧不起翊容，沒事就拿他出氣，班導對於此事睜一隻眼閉一隻眼，誰不知道她只是想省點麻煩。

他還記得有一次，白翊容被馮克航那群人關在廁所那次事件鬧開了，班導說要嚴懲馮克航一直以來的霸凌行爲，要將雙方的家長找來，讓馮克航的家長看看他孩子究竟在學校都幹了些什麼好事，那一次他偷偷地在辦公室外面聽了，竟聽見班導要他們互相道歉了結。

從那之後非但馮克航沒有收斂，白翊容的反應更是消極，從前他是會反抗的，可那次過後他好像受到了什麼打擊似的，變得畏畏縮縮。

表面上說要嚴懲，看來左不過是做給其它人看罷了，實際上是叫他們安分守己，不要造成自己的麻煩，當年長庭也是被班導這般對待的，他何嘗不知道班導的性子，這樣一個人自盡了，都可以說是畏罪自殺了。

但倘若班導不是自盡……

上課時，長庭回首看著馮克航，嘴角不禁上揚，他的前方正是那被留下的桌椅，是啊，止是如此，白翊容才會連上課時間都難逃騷擾，班導卻不讓換座位，現在正好讓那張桌椅，時時刻刻提醒馮克航，別忘了白翊容的死，他逃不了干係。

到今天結束爲止，班上沒有一個人哭，和白翊容去世的那日相比，倒寧靜許多。看見他們這個反應，長庭心理這口氣算是舒暢了，走了一個，他們不知悔改，走了兩個，他們倒知恐懼，恐懼著自己成爲第三個。

「你們聽說了嗎？二班的班導昨天自殺了耶！」

「眞的假的，他們班才沒幾天就死了兩個？」

「眞的啦，我還聽說是因爲他們班導放任學生霸凌，所以那個死掉的變成鬼回來報仇了，還有人昨天晚自習時看到有人影在二班那裡飄耶！」

「妳不要嚇我啦！」

「哎等等，經過二班了，小聲一點……」

「他們班今天好安靜，好恐怖喔……」

放學期間，方才經過的兩名女同學們的話都被坐在窗邊的長庭給聽得一清二楚，想必這已經成了整個學校的熱門話題了吧。

若是翊容九泉之下眞的不安寧的話，那長庭自己恐怕也難以保全自身。

保全自身……他都可以爲了保全自身而選擇漠視了，若他眞要來向他索命，那也是應該的。

他收拾起書包，離開教室，在經過走廊準備要前往樓梯間時他突然被什麼東西勒住了脖子往後拖！

「嗚……！」他用力從被緊扣的喉嚨間擠出驚叫聲。

難不成是這時候要來找他索命嗎？他被半扯半拖地拉到了一個角落，那人才鬆開了手，長庭差點被勒得窒息，他撫著脖子慢慢呼吸，這才看見是何人所爲。

「都是因爲你這傢伙，要不是因爲你，事情不會變成這樣！」馮克航忿怒地喊道，唾液都濺到了長庭臉上。

「你……」長庭還在調整呼吸，「你到底在說……」

話還沒說完就感受到臉頰傳來一陣熾熱的痛楚，馮克航煽了他一巴掌，連背包都被甩落。

「你在偷笑我，你以爲我沒看到嗎？」馮克航抬起長庭的下巴，「跟你說，活著的時候都被我欺負得死死的人，死了更沒用，別以爲我會因爲邱嘉欣那個老太婆死了就會怕，如果白翊容是隻狗，那你比狗還不如，有什麼資格笑我，他會死，你可是大功臣啊！」

「你說什麼？」長庭終於受不了，一手將馮克航的手拍掉，「全都是因爲你欺人太甚！沒有人應該要被你欺負！看你現在惱羞成怒的樣子，是不是怕了！怕白翊容找你報仇！」

「呦，什麼時候說話變這麼大聲了？」馮克航慢慢逼近，「當初那個孬種幫你出頭，是你害他被全班欺負的，結果在那之後你就故意跟他疏遠，你是在爽吧，爽著有人代替你被欺負了，不然怎麼沒見過你這麼大聲的幫他說話呢？」

長庭忍著淚，忍著臉頰上餘留的刺痛感，本來被霸凌的人是他，是翊容幫他出了頭，這才害他成爲目標，長庭每每看見翊容被欺負時都選擇漠視，因爲他害怕，好不容易擺脫了，怕自己又變成從前，所以他爲了保全自身選擇漠視，這是事實，可是……

「要是你們還有點良心，就不會有誰代替誰被欺負的問題了……」長庭瞪著迫在眉間的馮克航，「你們加害者從來不懂得檢討自己，看來冤魂索命是眞的，我等著看，看你這條命什麼時候被收走！」

「他要來索命儘管來索啊！」馮克航直戳了當地說，「反正你這個害他當替死鬼的也逃不掉，你怎麼還有良心繼續活著啊？爲什麼不乾脆一起去死，整天在我面前晃來晃去！」

長庭只是怒視著眼前看似有些失心瘋的馮克航，在僵持一陣子後，馮克航輕藐一笑：「我們再來看看到底是誰該遭報應，等著瞧。」

隨後馮克航便轉身疾步而去，長庭立刻像鬆了氣的氣球似的癱軟在地，這是他頭一回反駁、反擊了馮克航，沒想到竟是爲了這樣的事。

自白翊容去世後校內流言不斷，想來馮克航怕是心裡頭恐懼，這才惱羞成怒找他出氣，夜路走多了會碰到鬼，但想必今後校內更會流言飛起吧。

他扶牆起身，撫著臉頰，一場霸凌奪走了一個家庭，一個本該幸福的家庭，長庭終於放聲大哭、哭到累，才彎下腰慢慢地收拾起方才落下後東西都散落一地的背包。

此時，在他後方的走廊裡，原本暗紅的夕陽轉化爲刺眼的日光，有幾個學生訕笑著將一個男同學塞進掃具櫃裡，男同學極力地反抗，但都會遭至毆打，眾人狂妄的笑聲絲毫沒有傳進長庭耳裡，沒有察覺到後方舊景重現的景象。

是的，那就是曾經的時光，白翊容被關進了掃具櫃中從裡用力拍打著門，但是學生們用身子抵著門不讓他出來，教室裡的人則當沒發生過一樣，包括了長庭。

待上課鐘聲響起後，學生們才肯罷手，等他們一離開，白翊容就從櫃子裡掉出來，滿身是灰塵，他滿是屈辱地抿著唇，默默地拍掉制服上的灰塵走回教室，卻又發現後走廊的門居然被鎖上了，他拍打著門要大家開門，但沒有人理會。

白翊容好似習以爲常地靠著門蹲下，等待上課的老師進來後就會叫人放他進來了，沒有人會被罵，老師只會叫白翊容不要再玩了。

爲什麼……爲什麼爲什麼爲什麼……

此時靠在門上的白翊容忽然看向李長庭這裡，而長庭還是沒有察覺身後的異樣，自顧地收拾書包，直到白翊容的脖子慢慢地黑青、眼睛被瞳孔佔據，扭曲地微笑著往長庭這裡走來……走來……

此時長庭收拾完背包，擦拭著眼淚，突然覺著背面有一股寒意襲上，他不知道怎麼回事，但他不敢頭轉向後方，只速速帶著書包逃走了。

他身後的景象從方才至今都無半分區別，只是暗紅的夕陽光透過窗子照射進來，從來就無他人。

待長庭回到自家社區時，夜幕已然到來，他脫下鞋子，從書包拿出鑰匙打開家門並將客廳的燈打開，但卻發現今日的燈光特別暗，又因樓層高沒有外界的光源，導致室內一片昏暗。

他想著只好趕緊回房間了，於是走向房門，但房門卻是敞開的，他上學前都會關好房門，而家人比他早出門又比他晚回家，不可能有誰把門打開的。

正想進去開燈時，他在昏暗的環境下，看見房間裏側有個穿著制服的學生的身影，而且並不是站在地板上，而是懸浮在半空中。

「啊……」長庭反射性地後退。

因不慎腳滑了下而摔倒在地，他坐在地上盯著那個人影並恐懼地往後方挪動，那個人影竟緩緩地晃動起來，發出了吱吱作響的聲音，是的，那簡直就像是個上吊的人。

「對不起……」長庭的心臟狂跳不已。

坐在地上的長庭，拼了命地往後退，那個人影便以牽線木偶般的姿態一拐一拐地逼進，不，確實有個繩子牽著他的脖子，在微弱的光線下，他的姿態顯現了出來。

長庭肯定忘不掉那張臉，即便被勒得如氣球般發脹、發紫，變形，那但是他曾經的同班同學白翊容，他以被麻繩吊著的死狀浮在半空中，他的嘴吃力地張開，舌頭隨即被擠壓出來，嘴型像是在說著：「長……庭……」

「不！不要過來！」長庭立刻站起來往後跑，逃往門口。

但在背後映在他眼前的仍是那張臉，就在不到幾公分的距離，他伸出枯木般的手掐住了長庭的脖子，在長庭昏倒前，他最後的景像便是白翊容那勒得青紫臃腫的臉，屍水從爆開的眼球周遭流出，但是他的表情看似哀傷、看似悲憤，看似無奈。

翌日，長庭從惡夢中驚醒，柔和的日光正透過窗簾照射進來。

「是夢嗎……？」長庭撫著脖子，覺著一陣刺痛。

他趕緊跑向浴室確認，發現自己的脖子上竟烙下了一圈黑青的勒痕，這並不是夢，他甚至還可以感覺到被人掐著的觸感，可是爲什麼……

過了兩日，脖子上的痕跡絲毫不減，眼看還是得要上課，他只好找個頸套圍著，當作什麼都沒發生過似的去上課。

今日踏進校園時，總覺得氣氛更爲沉悶了，早自習都會有學生打掃校園，可今日地上落葉一堆，被冷風颳起四處亂飛，安靜的校園裡連自己腳步聲的回音都特別明顯，經過各班時可以看見裡面的學生都在交頭接耳不知道在說些什麼。

接著他從走廊看見操場上擺著類似做法用的器具，莫非學校眞的請來法師？

當他進到教室時，見到每個人臉色都很難看，人數更是少了些」……尤其是「那幫人」都不在場。

悄悄地偷聽同學們不安地說，害怕報應找上門。

報應自有時，長庭摸著柔軟的頸套，他並沒有被奪去性命，這個痕跡或許就是他的報應。

第二章 邱嘉欣

碰！猛然巨響傳來，嚇得讓人彈跳起身。

這是她第一次聽見這種聲音，她緩慢地站起身來，那聲音似乎還在迴盪著，好似有什麼人往窗外扔了什麼垃圾袋似的，她好奇地打開窗戶往樓下看，但是黑暗的夜中什麼也沒有，確實不太會有人做這種事情的。

自家位於小型公寓頂層四樓，就算要趕時間也不一定非要用這種方式，何況她也沒聽見哪裡有垃圾車的聲音。

但是她四處望了望，附近的鄰居彷彿都沒聽見似的，沒半個人像她一樣探出頭來查看，莫非是她聽錯了嗎，不，不太可能，但是下面確實什麼都沒有，只聽得見小小的巷弄內摩托車行駛的聲音。

她將頭縮回去並將窗戶關上，今天是五月十四日，但都七點了，難免還是會有些蚊蟲，她轉身走回臥房準備就寢，這幾天得養好精神才行。

邱嘉欣首次接任班導師的職務，就在不到兩個月後，她就要與自己的第一任學生見面做新生訓練了，所以在暑假前她要以助教的身分好好地從旁觀摩，好好地學習如何當好一班之導師，對，絕對不能出任何的問題阻礙到她的前程，她帶著期待入了夢鄉。

幾個星期過去，也愈發接近暑假，嘉欣認為國中是一個處在「不穩定」與「成長」的階段，這個時期的孩子難免會有些躁動，不過倒也不是壞事，只是難免會時常產生糾紛，而身為導師要用最有效果與和平的方式將事情解決，盡量不要直接處罰到學生。

而且一件事情的對立產生，也絕對不是一人所為，一個巴掌拍不響，雙方一定都有需要各自檢討的地方。

這段時間下來，同事們也都對嘉欣的學習與表現感到滿意，人人都稱讚嘉欣以後一定是一位優秀又溫柔的班導師，這讓嘉欣感到欣慰。

是的，她一定可以好好地接下這份職務。

時間來到八月，她早晨在導師辦公室一張張地翻閱著學生們的資料，他們的號碼也都已排定好，等一下就要正式開始了她第一任的新生訓練，她穿得比其它班的導師都還要正式，還被笑說第一次別這麼緊張，不過這可是難得的第一次，得好好的給學生留下好印象才行嘛。

她準時來到自己的班級前，是二班，她調整了儀容，莊嚴地踏入教室，第一眼映入眼簾的是她早早在黑板上寫下的「按照號碼坐」，她在一張張桌上貼上了號碼，這樣子也方便點名與叫學生的姓名，接著便是台下的學生們，他們的眼睛都注視著嘉欣，讓她有點不習慣。

這與擔任助教時的感受截然不同，但她也說不上來是哪裡不同。

「我先自我介紹一下，我是邱嘉欣。」她邊在黑板上寫下自己的名字，「我是第一次擔任班導師，你們是我的第一任學生，以後我們就要一起相處三年，請大家多多指教！」

台下的同學紛紛回答：「是！」

當上一個班級的導師，就是這種感覺，她覺得以後大家一定可以好好的相處的。

然而，當正式開學過後約莫兩個月左右，她在改聯絡簿時看到了白翊容的日記上寫著：「李長庭最近時常被馮克航欺負，像是被偷拿文具或是桌子被亂塗之類的，希望老師可以幫忙一下，不要讓馮克航繼續欺負他或是班上其它學生，班上的同學們看到了也不制止，有時會跟著起鬨希望老師協助教育一下他們。」

馮克航確實是個性比較外向的學生，而李長庭個性較內向，可能只是在跟他玩吧，應該沒什麼大不了的，只是沒拿捏好份量而已。

嘉欣在克航的日記下寫著：「和同學玩時也要顧及到對方的感受喔！」，在長庭的日記寫上：「不要排斥與同學相處，剛開學大家互相玩耍是正常的。」

這樣一來，應該沒什麼太大問題了。

但是，又過了兩天，白翊容又再次寫下：「老師，馮克航最近還是一樣沒有變，請老師勸勸他吧，一定要讓班上的同學知道欺負別人是不對的。」

這次嘉欣思考了片刻，決定在早會時昭告全班，「最近翊容寫聯絡簿告訴我，班上有人在欺負同學，老師要提醒你們，就算要玩也要拿捏好份量，不要失了分寸變成欺負，尤其是你馮克航，你要是再敢欺負長庭，我絕對不會姑息，知道了嗎！」

只見馮克航吞吞吐吐地說出，「好」。

嘉欣見狀覺得事情應該可以告一段落了，「謝謝翊容，如果不是他我還不知道這件事呢，你們也要多學著他。」

翊容就坐在克航前面，像他這麼有正義感的人，如果可以從旁輔佐克航那是再好不過了。

今天的早會，嘉欣好好地說教了一番，希望班上不要再發生類似事件，她不能讓她的生涯剛起步就受挫，當然也不能讓同學受到委屈，也不禁讓她自嘲，自己也是愈來愈會說教了，最好別成爲愛嘮叨的人呢。

放學期間，嘉欣還在改作業的時候有位學生匆忙地進來了導師辦公室，她抬頭一看，是李長庭，正想問怎麼回事時，他已開口。

「班導，妳怎麼可以這樣！」長庭慌張地說著，「妳怎麼可以當著全班的面前說是白翊容告的狀。」

「你小聲一點。」嘉欣看辦公室裡還有其它同事在，「我這麼做就是爲了幫你啊，在大家面前說才可以遏止馮克航的行爲，而且還能機會教育，讓班上同學知道不能對你這樣做。」

「妳不懂。」長庭搖著頭，「馮克航會連白翊容也一起霸凌的！」

「你想太多了，怎麼會到霸凌那種程度呢？」嘉欣牽起長庭的手，「你們只是還不知道怎麼彼此相處，等一段日子情況一定會好轉的，好嗎？」

「我……我……」長庭欲言又止。

「好了，時候不早了，你也趕快回去休息吧，你放心，我會好好管住馮克航的。」嘉欣拍了拍長庭的手，示意他回去。

長庭緩步而出，嘉欣看著他離去的背影嘆了口氣，想著要管教國中生果然是不容易的事。

希望方才的話沒被其它同事聽見，嘉欣只希望大事化小，小事化無，不要爲了幾個學生的打鬧而影響到整體。

翌日，嘉欣悄悄地觀察班上的情況，眼見長庭並沒有再有疑似被欺負的情況，她便安下心來了。

接著時間來到第一個學期的寒假前，有同事來告訴嘉欣，她班上的白翊容同學最近時常把自己關在後走廊或是廁所等地方，而且也不太搭理老師，可能是和同學處不來，要嘉欣去看看是什麼情況。

嘉欣這才仔細想想翊容是什麼樣的學生，她只記得是個皮膚蠻白，個性也比較陰柔的男生，不過是個富有正義感的人，他都會替同學出聲了，不至於自己被同學弄到還不會爲自己出聲吧？

當天下午，嘉欣將翊容找來，詢問他爲何最近的行爲舉止怪怪的。

「老師……」翊容低著頭說著，「我知道妳是新的班導，所以不想麻煩妳，但是班上的同學們常常對我……惡作劇，不是把我關在外面就是偷拿我的抽屜的東西。」

「你從來沒跟我說過啊？」嘉欣不解，「你都可以爲同學出聲了，怎麼不爲自己說話呢？」

「那是因爲長庭跟我很像，我不忍心他被欺負，我寧可代替他……」翊容語帶哽咽。

「翊容。」嘉欣從椅子上起身，拍了拍他的肩膀，「我和長庭說過，才開學一個學期，你們只是還不知道怎麼跟班上的同學相處而已，你也要外向一點，趁現在多學學，這樣以後在人際關係上才不會吃虧，知道嗎？」

翊容抬頭看了一下嘉欣，緩緩說出：「好……」

「之後就要放寒假了。」嘉欣給他一個微笑，「等下個學期，你們一定可以處得來的。」

她將翊容送走後，便開始收拾辦公桌上的東西，想著寒假開始後要去哪裡遊玩。

再次見到大家已經是開學過後的事了，看著學生們都安然無恙，嘉欣便放下心來，新學期開始的第一堂課，她只有詢問大家寒假去了哪裡玩，跟大家聊自己的旅遊，就這樣開心的度過，畢竟是開學，也得讓學生們輕鬆自在一點。

然而白翊容還似之前一樣鬱鬱寡歡的，這次他在聯絡簿的日記上寫著：「新的學期，可不可以請老師將大家換個位置，我的位置附近的同學還是經常作弄我。」

只是嘉欣還是沒有很熟悉班上同學的姓名，現在要是換了學生的座位，很容易造成點名不方便，這怕是不妥，這學期便還是按照原座位坐會好些。

再者，她每次踏進教室時都沒有察覺不當之處，翊容是個心思比較敏感的人，才讓他覺得同學們都在作弄他，這也是他該自己學著成長的點。

只是隨著時間經過，翊容的日記內容是愈來愈負面，常常提到害怕啊、恐懼，孤單什麼的，成績也每況愈下，倒是這馮克航，成績是愈來愈好了，雖然他是喜歡捉弄同學，對嘉欣的態度也不好，可是這成績亮出去，是可以爲二班爭光的，她就要成爲一個好班導了。

克航爲人處事若是可以再收斂點那便是最好，但是若這樣可以讓他好好學習，那也沒什麼不妥。

直到一年級結束前的那天，別的年級的導師衝來辦公室跟嘉欣說出事了，她班上的白翊容被同學們關在廁所裡倒馬桶水，鬧得沸沸揚揚人盡皆知，嘉欣不敢置信，立刻到班上去質問是怎麼一回事。

原來是以馮克航爲首的三、四個人，將翊容強行押到廁所裡，把他關在裡面往上潑馬桶水進去，翊容被放出來時嚎啕大哭，引得大家都過來看，現在以翊容已經被安置被輔導處去了，而馮克航等人則被關在學務處等候處罰。

「怎麼會這樣……」嘉欣必須想想辦法，不能讓這種事情鬧大，不然就完了。

她先到了學務處，要求自己處罰克航等人，她承諾絕對會好好處理這件事，她會將帶頭鬧事的馮克航家長找來，當面與翊容道歉，希望他們從輕則罰，學務處決定就每人記一支警告，這就放了人。

「馮克航，你為什麼要這樣欺負同學！」嘉欣震怒問道。

「妳怎麼不去問他呢？」克航不耐地撇過頭去。

「我已經跟你說過了，就算你要玩也要有底線，同學不喜歡的事情你別做，你怎麼就聽不懂呢！」嘉欣仍然希望克航能聽進去，「聽我說，等等到輔導室時你要有禮貌，要有悔意，不然這次老師也救不了你了。」

克航吹著口哨邊跟著嘉欣走向輔導室，只見翊容坐在輔導室的沙發上，身上還披著毛巾，也換了一套制服，身旁有輔導老師相伴。

「謝謝。」嘉欣領著克航來，對一旁的輔導老師道謝，接著蹲下身去安撫翊容，「翊容啊，對不起，老師沒有好好保護你，但是我已經準備要好好教訓馮克航了，明天我會將他的家長找來一起和你道歉，我一定會幫你的，好嗎？」

「嗯……」翊容微微點頭，頭都不敢抬起來。

「那我可以將翊容接回去了嗎？」嘉欣起身詢問。

「讓他在這裡多待一會兒，這個同學做得太過火，我們要聯絡社會局介入處理」輔導老師看著克航說道，「這事……」

還沒等輔導老師說完，嘉欣便接話，「這事我會好好處理，他們只是在互相打鬧，翊容偶爾也會這樣啊，只是這次克航他做得太超過，但是他們平常眞的就是這樣相處的！」

翊容驚愕地抬起頭來，但什麼都沒說，而輔導老師只問了句：「眞的嗎？」翊容看著嘉欣，嘉欣面有難色地使了使眼色，翊容再看向一旁的馮克航，便緩緩說出，「是……」

「你看，所以不用勞煩你們了，我會告知他們的家長，好好處理這件事的。」嘉欣用力點頭，「請你們不用擔心。」

嘉欣這才將人好好的從輔導處挪出來，並暗自希望輔導處不要管得太多。

隔天，嘉欣緊張地等待著克航的爸爸前來，雖然不是沒開過家長會，但她的印象中克航的爸爸是一位看起來威嚴話又不多的人，何況又是第一次處理學生間的糾紛，這讓她十分不安，但是爲了不把事情鬧大，她只能將事情做到底。

選擇了午休的時段，嘉欣安排大家在導師辦公室後的一間小教室裡進行，一張長方形的桌子，她與翊容、克航與他爸爸，分別坐在桌子的兩側。

嘉欣將事情的經過敘述給了克航的爸爸聽，然而翊容在她講完後卻接著說：「不只是這樣！」

「翊容！」嘉欣喊道，「不要插嘴。」

「可是老師……」翊容不敢置信地看著嘉欣。

克航一臉睥睨著翊容，好像想說什麼卻又不好說的模樣，最後只好別過頭去吹著口哨。

「馮克航！」嘉欣轉過頭去斥責，「你連在這裡，我跟你爸都在場都敢這樣放肆，可見你平常是怎麼對待翊容的！」

「那是他自己活該。」克航不以爲意地說著。

「你！」嘉欣氣憤地拍了桌子。

「好了。」此時一直閉著眼聽著的克航爸爸，冷冰冰地開了口，「所以老師，妳打算怎麼處理？」

他帶有磁性的嗓音，與稍有不耐的口氣使嘉欣聽起來倍感壓力，不過嘉欣還是保持住鎮定與威嚴地說，「克航平日成績優秀，平常也沒犯過什麼大錯，這次你們就互相道歉吧，以後別再犯這種事。」

翊容睜大雙眼地看向嘉欣，而嘉欣並不想去注意，只是叫雙方趕緊道歉。

翊容咬著下唇，隱忍著眼淚，哽咽地說，「對不起。」

「好了，克航，你也向翊容道歉吧。」嘉欣雙手抱胸催促著。

「是，老師叫我說我就說吧。」克航的語氣帶有一絲輕藐，「對不起。」

「叫你道歉是這樣道歉的嗎？」嘉欣斥責他，「你給我站起來鞠躬道歉，不要給我說別的。」

只見馮克航不耐地拍了下桌子起身，九十度彎下腰來，「對不起。」

「好了，事情解決了我要走了。」克航的爸爸說完便逕自起身離去。

「啊！慢走……」嘉欣甚至都來不及跟上送他出門。

看來克航的爸爸壓根就不想管這件事，這對於嘉欣而言是好的，既然他不想管就少了一個人追究。

接著她回身看著兩人，「你們回班上吧，以後不許再惹出這種事了，不然我絕對不會輕易放過的，你聽清楚了嗎，馮克航？」

「是。」克航回應道，走出門時還刻意用肩膀撞了翊容一下。

這樣一來事情應該算了順利解決了，既沒有鬧大，其它同事也都親眼看到嘉欣有心處理好這件事了，想必大家看在眼裡也不會多說什麼的。

太好了，她在心裡這樣想著。

然而當天晚上，嘉欣晚上回到家時正要好好休息時，有個陌生的號碼打過來，她身爲導師，不太能漏接電話，於是她接了起來，發現是翊容的爸爸打來的。

「喂，是翊容的班導師嗎？」電話另一頭傳來詢問聲，「我聽說翊容在學校被欺負了，是眞的嗎？」

「啊……那個啊。」嘉欣鎭定地接著說，「沒有啦，那只是他們同學間的打鬧，而且一個巴掌拍不響，翊容如果不想一起玩，同學又怎麼會理他呢，只是這次他們玩過頭了，今天我已經讓他們互相道歉了，請爸爸不用擔心。」

「是這樣啊……好，那麻煩導師幫我多多關照翊容了。」

「當然。」嘉欣爽快回應。

還好翊容的爸爸沒有再多問什麼就掛掉電話了，不過嘉欣她認爲確實沒有說錯，翊容今天會被欺負，難道他自己一點責任都沒有嗎？

如果他肯好好地融入大家，就不會有這件事了，嘉欣希望他以後能明白這點，不要凡是都認爲是他人的錯，可憐之人必有可恨之處。

唉，眼看接著馬上就要放暑假了，這些事也可以好好地告一段落了，她能夠放鬆了。

她剛要進臥室盥洗時，突然「碰」的一聲巨響，嚇得嘉欣發出慘叫聲，全身抖了一下。

然後她回想起來，是的，這聲音是一年前聽到過的，一模一樣的巨響，她趕忙跑向窗戶打開往外頭一看，發現樓下什麼也沒有，那個像是重物墜落的聲音還在耳邊繚繞，可是附近鄰居是一點反應都沒有，她回頭看向客廳的電子日曆，是一年前的同一日期，五月十四日。

她的耳內發出了劇烈的回音，讓她頭皮發麻，她緩緩地移坐到沙發上，雙手摀著耳朵，看著牆壁上的電子日曆，錯不了的，連時間也差不多是在七點左右，她不知道為何她記得如此清楚，她也不想知道。

嘉欣覺得自己果然是累了，就趕緊甩開這個念頭進了臥房。

接下來的日子裡，嘉欣只是專注在公務上，並沒有投入太多的心力在學生之間，對於他們之間的紛爭也不管不問的，嘉欣覺得自己可能依然還沒做好準備，只要他們別惹出什麼太大的事來就好，何況翊容在那之後也不曾在抱怨過他受同學欺負了。

時間過去了一整個學年，來到了二年級的尾聲，期間班上一直都維持得很穩定，至少在老師們眼中是這樣的，嘉欣覺得就這樣到畢業，第一任學生就當作仍在磨練就好，只要自己的職業生涯安穩就好。

今天在改聯絡簿時，翻到一篇皺皺的，好像被水弄濕過且用紅筆寫著的日記：「老師答應過會幫我的……」

那些紅色的墨被水暈開，好似血一般，不禁讓嘉欣看了背脊發涼，她將書本闔上，發現這是翊容他的日記，他這個學年以來都不曾寫過什麼負面的話，今天這是怎麼了？

她帶著聯絡簿來到教室想要找翊容聊聊，然而進了教室卻不見翊容的蹤影，她將班長找來問，卻發現翊容已經早退了，中午就離開了，怎麼學生早退身爲班導的自己會不知道呢？

嘉欣訓斥了班長一頓，要班長以後有學生早退都要確認過是否經過導師同意。

翊容這樣的舉動很奇怪，聯絡簿都沒拿走也沒經過她的簽名同意就直接離校，她動身前往校門口，詢問那裡的管理員有沒有同學離開，然而管理員卻說今天到現在爲止沒有學生離開。

這就奇怪了，嘉欣這樣想著並回到導師辦公室翻找翊容的資料，撥打了翊容爸爸的電話，卻沒有人接聽，這讓嘉欣傷透了腦筋，萬一學生出了什麼事就完了啊。

今晚的嘉欣睡得特別不安穩，她反覆地想到翊容寫下的那段話，總覺得有種不好的預感，她情願是自己多想。

然而事情不如她所望，隔天一來到學校，就看見有兩位警察待在導師辦公室內，他們是來做調查的，因為她的學生白翊容，昨日被發現於自家臥房懸樑自盡。

她接下來做的任何一件事腦子都是一片空白的，包括配合警方的問話，和到班上宣布這個消息時，她都無法運轉腦袋，因為她的班上死了學生，這是永遠的汙點，永遠的創傷。

雖然有許多同事來關心她，但她知道這件事很快會在全校流傳開來，她的名聲，她的班級會名譽掃地。

到了中午時，她耳邊的那陣耳鳴又來了，她帶來的便當自然也食不下嚥，同事見她不適，便建議她今天先返家休息。

她也想要快點恢復精神，但是更糟糕的消息傳來，才沒過幾天，翊容的爸爸竟也因傷心過度隨著翊容離世。

這兩個震撼消息一下便將嘉欣打入谷底，導致她精神疲倦，幾天日在家裡日日都能聽見那個聲音，那個「碰」的巨響一直繚繞在她耳邊，好似懲罰，好似詛咒，她覺得自己每日的呼吸都像喘氣般。

「不要吵！不要吵！」她發瘋似的摀著耳朵尖叫著。

距離事情發生已經過去了兩、三個星期，這幾日以來她不曾有過一日睡好，也不曾有過一日清靜，她看著鏡中的自己，總覺得自己好像老了好幾歲。

這天她進教室連課都懶得上，只是交待了一句說，「最近我家附近總有鄰居在製造噪音，害我睡得不好，所以有甚麼事先別找我，讓班長去處理吧，今天早會不開了，你們自習吧……」

漸漸地就連她現在倦怠地回到導師辦公室時，同事們也都沒在時刻關心她了，只是看著她趴下去睡，各自忙各自的而已，可能是五月中，時間也接近期末考了吧。

在睡夢中，她從自家的窗邊往樓下跳了下去，「碰！」

「啊！」她猛然驚醒！

她環顧四周，發現已經夕陽西下，是放學時間了，她用手擦拭著額頭上冒出來的汗與被汗水浸濕的頭髮，當她平復完心境時，發現眼下四周都無人，一個同事都沒有，學校也異常的安靜，說來也奇怪，怎麼大家都走了卻沒一個人叫醒她呢？

她收拾起包包向外走去，整個走廊都被血紅色的夕陽覆蓋，她從來沒看過這種景象，她慢慢地走出去，發現學校真的都空無一人，只聽得見自己的腳步聲，然而在接近二班時，她聽到了一個女孩子的說話聲。

嘉欣慢慢走向後門，看見自己的班上正中間坐著一位將頭髮綁成三股辮垂放在背的女同學，但是她的班上沒有女生綁過這種髮型，女同學的雙手似乎指著什麼，嘉欣將視線往桌上移，發現上面擺著一張寫滿了字的紙與碟子，這是碟仙？

她又想到了，女同學坐著的位置正是白翊容生前的位置。

「妳在做什麼！」嘉欣終於出聲遏止她。

「咦……？」女同學似乎很害怕的轉過頭來。

嘉欣看見她的臉，果然不是自己班上的學生，甚至她也沒在學校看過這位學生，正當她要問時，女同學忽然大叫，倏地起身轉頭就從前門往外跑，嘉欣也被嚇了一大跳，但跟出去時發現女同學已經不見蹤影了，一個腳步聲都沒聽到，當她回身來找桌上的東西時，那些東西也不見了。

不，不止是這樣，連方才血紅色的天空也突然消失，被黑夜所取代，整個學校不見光源。

「啊啊啊啊啊！」嘉欣嚇得拔起腿來狂奔。

學校空無一人，就連她奔回家的路上也一個人都沒有，一台車也沒駛過，彷彿進到了一個無人的平行時空，但是她並沒有在意這些，她只想趕緊回到安全的家中。

也不知跑了多久，等她回過神來，已經躺在沙發上，手裡倒了一杯冰涼的飲料在喝了，這樣的平靜眞好，她感到一陣睏意，便將喝完的杯子直接放在桌上，起身往臥房走。

然而，她聽見了，似乎從天花板上傳來吱吱作響的聲音，正當她覺得奇怪時，看見在地上有一件她再熟悉不過的制服，她小心翼翼地彎下腰將它拾起，轉回正面，上面充滿了青黑色的液體，而上面的名字繡著「白翊容」三個字。

「不……不……怎麼會這樣……」她立刻將制服扔了出去。

然而落在地上的制服彷彿有著生命般開始自己動起來，她尖叫著後退，而那制服則開始從袖口與領口冒出了一坨一坨青黑色的液體，直到整個頭緩緩地出現。

「啊……不！不要！」她似乎被定住了一樣，連眼睛都無法移開視線。

她看著那件制服隨著流出液體，頭與四肢也跟著伸了出來，終於，一個她熟悉的面孔出現，從地面上緩緩升起，渾身被裹滿青黑色液體的白翊容，伸出他的雙手一拐一拐地走來，濃濃的鮮血從他的嘴邊溢出。

「啊！別過來！」她尖叫著後退。

並且在撞上窗戶的那一瞬間被一雙冰冷的手從外面拉了出去，當她整個人從半空中摔下去時她什麼都來不及反應。

碰！猛然巨響傳來，足以使人彈跳起身。

是的，那就是一直困擾著她的那聲音，還在她的耳邊繚繞著，她摔在凹凸不平的柏油道路上，四肢摔成了奇怪的角度無法動彈，她的求生本能仍然在頑強地喘著氣，只不過從嘴裡流出的鮮血愈來愈多，淹沒了她的半邊臉。

在她徹底斷氣前，她聽見了他的聲音：「老師答應過會幫我的……老師喜歡被自殺的感覺嗎……？」

她客廳的電子日曆上正顯示著五月十四日，十九點零五分。

第三章 馮克航

那是很久以前的事情了，那一年的夏季炎熱，馮克航與弟弟馮克寧還有爸爸和媽媽，在那天的下午，一家四口一起到附近的公園避暑。

在樹蔭底下，媽媽在草地上鋪了個涼墊，大家就在上面吃起了事先切好帶來的冰涼的大西瓜。

即使是切好的西瓜，對於小小的克航來說還是有點大，克航的小手根本拿不好西瓜，弄得整個臉都是西瓜籽，克航氣急敗壞地想要弄掉但是愈弄愈糟糕，爸爸媽媽和年幼的弟弟看到這一幕都「噗滋」一聲笑了出來，就連克航也在笑。

是的，雖然克航惱羞成怒地說：「不要笑了！」，他好想生氣，但他笑了，開懷地笑了。

克航在笑，全家都在笑。

克航記憶中的媽媽在涼風吹拂過來時，一頭長髮與連身洋裝隨之飄逸，好似仙女一般，媽媽總是很溫柔，有天克航不小心摔壞了她珍藏的音樂盒，她第一時間趕過來也不是先責備，而是急切地問克航有沒有哪裡受傷？

媽媽拿起紙巾，輕輕地拭去克航臉上的西瓜籽。

那天是個再平凡不過的午後，卻成了克航揮之不去的快樂回憶。

然而這般的幸福並沒有持續太久，命運對克航開了一個天大的玩笑。

悲劇發生的那天，克航的媽媽帶著克航與弟弟去大賣場買菜，而克航見賣場對面便是玩具屋，他便拉著媽媽的裙角，希望她帶著他去隔壁的玩具屋買機器人。

雖然媽媽嘴巴上說不行亂花錢，但還是抵不過克航的苦苦哀求，她便同意了只讓克航買便宜的玩具就好。

在馬路邊等紅綠燈時，克航興奮極了，於是便不慎在綠燈還沒亮以前就踏出腳步，此時一輛速度極快的箱型車正好趕著在變燈前駛過，年幼的克航根本沒反應得過來便被誰抱著撞飛了出去，等他忍著強烈的頭暈感回過神來時，只聽見周圍路人的慘叫聲與感覺到自己身上溫熱的血液。

他下意識以爲是自己被撞了，但身邊還有個人，血是從她身上流出的，那個人就是自己的媽媽。

是的，媽媽爲了保護笨拙的自己，捨身抱著他被箱型車撞上，而現在的媽媽，已經倒在了馬路上，一動也不動。

「媽媽……媽媽……！」他搖著媽媽的身子，然而並沒有得到反應。

不要……不要，克航抱起媽媽，即使是幼小的他，也感覺得到媽媽身上的溫度正一點一滴地流逝，正如流出的血液般，媽媽的生命正一點一滴地消逝中，克航小小的手正感受到這樣的事實。

克航的世界終成一片黑暗，不支地昏厥而去。

在那之後流逝了不知多少歲月，克航升爲國中生，來到了五神國中。

初來乍到時，他冷冷地睥睨著所有人，人人都有家長接送，而他沒有，此時的他已經沒有所謂「家人」可言了。

在暑期新生訓練時，班導師說自己是剛上任的菜鳥，這讓克航心底笑了一下，這樣的無能老師肯定會對班上的事情一問三不知、不管不聽，於是他開始觀察班上的同學，覺得有比較好下手欺凌的目標便上前去玩玩，好發洩他心頭之恨。

李長庭在班上男生去搬書時顯得笨手笨腳的，一箱薄薄的記事本都可以拿不穩打翻，於是他便帶頭嘲笑起長庭，班上的同學都容易隨風起舞，一個個都附和著克航，這讓他無比愉悅、優越感高昂。

看著長庭備受嘲笑而受委屈的模樣讓克航嘴角忍不住上揚，感受著他的恐懼、感受著他的痛苦，似乎會讓人讓上癮。

在開學後的幾個禮拜內，克航就經常找長庭的碴，要不是嘲笑他的行爲舉止，就是偷偷藏走他的文具或書，看著他不知所措的模樣就讓克航打從心底大笑，捉弄人是這麼好玩。

然而，那個菜鳥老師不知怎地發現的這件事，那天竟在聯絡簿上寫著要他別再捉弄長庭。

長庭每每被捉弄時都是悶不吭聲的，沒想到他竟然也會私下跟老師告狀，這讓克航相當不滿，放學時間他質問長庭，卻只得到這樣的回應：「我沒有……」

「你沒有，那你告訴我是誰告的狀啊！」克航一把抓起長庭的頭髮。

「我沒有！眞的不是我！」長庭甩開他的手並迅速逃走。

克航並沒有追上去，李長庭這種膽小鬼一定沒有那種膽量，那麼就是班上的某個人告的狀，班上大部分的人都喜歡順著克航的風向，唯有一個人，他知道那是誰。

果不其然，兩三天後班導當著全班的面說是白翊容告的狀，還當場讓克航蒙羞，這讓克航惱羞成怒又不得不應聲：「好」

沒錯，白翊容那個可惡的傢伙，私底下偷偷跟老師告狀，害他被懲罰，害他想起童年的那段經歷。

當年，被送到急診室的媽媽在經過兩天的搶救後宣告死亡，這讓爸爸痛苦不堪，而那時他的弟弟克寧，私底下偷偷跟爸爸說是因爲克航急著要去買玩具才害的媽媽被車撞死了。

爸爸得知這個消息後盛怒不已，對著克航又揍又罵的，並且從那之後對克航就如同對待空氣一般，不管不問的，他徹徹底底地將克航當成殺害妻子的兇手，一直到上國中爲止，他都沒有再和克航說過半句話，克航在這個家庭宛如多餘的存在般，帶給他雙重打擊。

是的，那個可惡的弟弟，私底下偷偷跟爸爸告狀，害他被懲罰，害他成爲如今這般模樣，這般的痛苦，他要將這樣的痛苦宣洩在他人身上。

而這個翊容跟自己的弟弟一樣，出賣了他，讓他連個宣洩的管道都不給，既然如此，他就要將這份痛苦加倍加諸在翊容身上，這是他自找的，跟弟弟一樣。

克航在家中每每與弟弟獨處時，他都會對著弟弟被衣物遮掩的部位一頓猛打，讓他不敢再說話，他要弟弟成爲永遠的啞巴，反正現在的爸爸也跟行屍走肉般，也從未發現過弟弟的不妥之處。

而他現在要將這樣的行爲實施到翊容身上，因爲他和弟弟一樣是個告密鬼，都是容不下的存在。

克航的眼裡，翊容與弟弟的影子重疊了。

他要讓翊容知道告密的下場是怎樣，他要讓翊容知道人生被毀掉的滋味是如何，他要讓翊容成爲不敢說話的存在！

很快地，他將目標轉移到翊容身上，就坐在自己正前方的翊容想作弄他簡直是輕而易舉，在上課時就可以隨時用尖銳的筆刺翊容的衣服與脖子，當翊容回頭時上課的老師就會罵他不要和同學說話，可憐的翊容可是連爲自己辯解的空間都沒有呢，在他左右兩邊坐的都是克航的人，阿峰和瑋瑋。

每每克航在上課時間作弄翊容時，只要翊容想告狀，阿峰和瑋瑋就會爲克航幫腔，導致翊容每次告狀的結果都是自己被懲罰。

這樣的日子多麼快活，讓翊容漸漸地也不敢大幅度的反抗了，而克航也愈來愈大膽，就連在升旗時也敢掐翊容的手臂或肚子，等翊容想要反抗時再向主任說翊容升旗不安分，讓翊容當著全校的面被罵，多麼可笑啊。

然而如果只是如此當然無法滿足克航，他每天最大的樂趣就是回到家後打開視訊跟阿峰和瑋瑋討論明天要用什麼方法去戲弄翊容，於是乎，把翊容關進掃具櫃裡讓他全身沾滿灰塵、在翊容的抽屜裡放蟑螂屍體讓他尖叫被全班笑、把他的作業偷來亂寫害他被老師罵等等的一系列作爲都用上。

每天和阿峰瑋瑋一起捉弄翊容成爲克航最大的樂趣來源，在家裡得不到的快樂，在翊容身上輕而易舉的獲得。

克航的成績不錯，那個菜鳥班導高興都來不及了，哪有時間在乎他的作爲呢？

翊容曾憤恨地問：「爲什麼要這樣欺負我？」

「因爲你好欺負啊。」克航拍了拍他的頭，「知道了嗎？」

因爲你好欺負啊，這個回應讓翊容的反應呆愣，克航看見他這個模樣就十分爽快。

即使被這樣霸凌，也沒人會阻止克航，也沒人會幫翊容，這間國中眞是太有趣了。

而且翊容雖然不敢大幅度的反抗，但他眞的受不了時還是會小小反擊，不會完全莫不吭聲，但正因如此才更加有趣，畢竟，沒有任何反應的獵物可是不好玩的呢。

那個李長庭就是大事小事都沒什麼反應才不好玩，翊容眞的好玩多了。

他的反抗倒成了克航最喜歡的反應之一了，要說肢體，他根本打不過克航，要說求救，根本沒人挺他，所以他的一切反抗都成了最大的笑柄。

每天來學校，最期待的事情就是用行動來霸凌翊容，回到家裡最期待的事情就是跟阿峰和瑋瑋討論明天要用什麼方法去戲弄翊容，翊容簡直就像是克航的玩具般。

這樣的日子不知道持續了多久，某天在克航往翊容的後腦杓打下去時，翊容居然一聲不吭，這讓克航很不高興，便拍了拍他的臉頰：「怎麼了小孬孬，怎麼不說話啊？」

「可憐。」翊容冷冷地回道，「你真可憐，只能這樣來尋得快樂。」

「你說什麼？」這句話徹底點燃了克航的導火線，「什麼叫我只能這樣來尋得快樂？」

克航一把踐著他的制服，並從教室把阿峰和瑋瑋叫來，三個人架著他到樓上的廁所，關進最裡面那間，兩個人抵著門不讓反抗的翊容出來，克航則拿起水桶從隔壁間舀了一桶馬桶水，一舉往裡面倒下去。

此時兩人才終於離開門前，看著全身濕透的翊容緩步走出。

「怎麼樣啊？」克航挑釁地笑著，「現在是誰可憐啊？」

「哈哈哈哈哈！」阿峰和瑋瑋附和著笑，「一隻臭掉的落湯雞！」

翊容終於忍不住放聲大哭，此舉惹來其它同儕的關注，阿峰和瑋瑋也開始緊張起來，但是克航根本不在乎那些了，他只想給翊容一個教訓，讓他知道誰才是可憐的那個人。

看著愈來愈多人來圍觀蹲在地上大哭的翊容，克航知道翊容才是那個最可憐的人，他要親手讓他成爲最可憐的那個人。

只是那個向來什麼都不管的班導，這次竟然要他將爸爸找來學校，一講到爸爸，克航只想到那天他被狠狠地抽打的回憶，與被爸爸當成空氣般對待的景象，卻又因這次事情造成他必須又去面對爸爸。

但爸爸從班導電話那得知克航「疑似」霸凌同學時，卻也沒什麼反應，一直到當天，爸爸也只是不耐煩地想快點結束掉這場鬧劇而已。

克航原以爲爸爸就向往常一樣不管他而已，怎料當天回家時爸爸又如當年般對著克航又打又罵的：「讓你惹事情！別再給我鬧事，我一點都不想管你的事，你這個東西！」

爸爸跟當年一樣：「讓你惹事情！都是你的錯，才讓她……才讓她……」

童年創傷被勾起的克航，在爸爸洩完氣後回到房間，看著瑟縮在床角的弟弟，他上前去用一樣的方式狠狠地抽打弟弟：「你這廢物！看什麼看！」

弟弟抱著頭默默地忍受著疼痛，他早已成爲一具不會反擊的傀儡。

等克航發洩完後，他想起翊容，又是他，都是因爲他，所有的一切都是因爲他，要不是他告狀、要不他哭，這一切都不會發生！

跟當年的弟弟一樣，都是他們害的！

從那之後，克航的霸凌行爲作的愈來愈過分、愈來愈明目張膽，因爲他清楚，自己班的班導一點都不想把事情鬧大，他們這次只被記了一支警告就沒事了，所以他可以爲所欲爲，而白翊容也明白這點，所以也不再試圖向導師們尋求幫助了，這正和克航的意。

在那之後的日子裡，克航用盡了一切手段。

在翊容的午餐裡吐口水、在他的桌子上拿東西亂塗、把他掃好的垃圾倒出來害他被罵，把他的書塞進垃圾桶裡、故意推他去撞女同學害他被女生討厭、上課時拔他的頭髮、脫他的褲子害他被笑，拿水往他褲襠潑讓大家笑他尿褲子。

日復一日，每天他們都在視訊笑著今天翊容出糗的模樣，漸漸地全班都開始有意無意地排擠翊容，不是叫他滾開就是說他臭，總之沒有人會想靠近他，連他昔日的朋友李長庭也一樣，就算他想幫也畏懼於克航他們的勢力，這讓克航無比優越。

就連老師們也都訓斥翊容不要整天陰沉沉的，要融入同學們，翊容畏懼於全班，每每都只能接下老師的訓斥，無權二話。

翊容走到哪裡都會有人隨意對他大小聲，走在班上還可能會被人伸出腳來絆倒，從那天過後，他對於這些舉動都非常安靜，不敢說話。

白翊容在這個班級，在這間學校裡還有立足之地嗎？沒有。

克航就是要他成爲人人踐踏的蟲子，他愈慘，克航就愈開心。

然後時間過去了一個學年，來到那天，克航在放學後要正踏出校門口時，阿峰匆匆忙忙地跑來告訴他：「幹，你快去看看白翊容在教室幹嘛！」

克航心一沉，立刻返回教室，只見四下無人，翊容在他的座位上拿著一個稻草人，用釘子一直刺它，而那稻草人的頭上貼上了「馮克航」的名字。

「你在幹嘛？」克航倏地拉著他站起來，翊容手中的稻草人與釘子隨即滑落，「你竟然敢偷偷詛咒我？」

「我……」翊容臉色十分難看。

「沒用的孬孬，不敢反抗只能用這種智障手段來洩恨是不是？」克航打了打他的臉頰。

「都是因爲你……」翊容小聲地說，「你眞是個可憐的人！」

可憐的人，翊容又說了那句話，那句引燃克航導火線的話。

「你說什麼？」克航眼神迸出怒火，「你給我過來！」

語畢，克航便用力踐著翊容的手，硬扯硬拉地將他拖到廁所裡，這天放學時間二年級整層樓都沒有人。

「不要！」翊容想掙脫，但力氣遠比克航小，「放開我！」

就這樣，翊容被克航拖到了偏僻的殘障廁所，他邊瘋狂地毆打翊容、煽他的巴掌，邊怒罵他是個沒用的廢物。

然而，在看到翊容瑟縮在角落楚楚可憐的模樣，讓克航起了一個歹念，他不顧翊容的反抗強行將他的制服脫掉，看著他秀氣的臉龐、白皙的皮膚，克航強行「羞辱」了他，扒下他的褲子，玩弄他的肉體。

從那天開始，克航對這樣的事上癮了，每到放學時間，他就讓翊容跟著他去廁所，讓他爲他「服務」，只要他敢不順從，他就會遭到毆打，隔天他的課本就會出現在垃圾桶內。

因此，翊容只能每天哭著服從，克航見他邊哭邊做這種事時更加感到興奮，便會愈做愈過火。

這樣的行爲從事一段時間後，克航覺得這已經無法滿足他了，於是趁著某天爸爸和弟弟都不在家時，克航威脅著翊容來到他家，此時的翊容已經成爲一部只會唯命是從的機器了。

在他家，克航暴力地強行上了翊容，他從沒感到這麼爽過。

他用手摀著翊容的嘴，不讓他叫出來，這讓克航愈發興奮，動作也愈來愈大。

可憐的翊容只能夠強忍淚水著直到結束爲止，現在的他根本已經成爲克航洩慾用的玩偶了呢。

隔天早晨來到教室時，翊容走路的姿勢便怪怪的，克航更加故意地大聲說：「白翊容，你是娘砲嗎？那什麼走路姿勢啊？」

全班都在嘲笑翊容：「哈哈哈你是不是被幹過啊！」

這讓翊容更加無地自容，何況誰能想到班上同學的玩笑話竟然是眞的呢？

在他坐上自己的座位時，竟又被膠水給黏住了，整個褲子上都是，這讓全班更加大聲地笑了，而翊容則低著頭迅速往外跑了。

「他幹嘛啊？不上課啦？」瑋瑋嘲笑地說。

過不久，班長便走進來說翊容已經請假早退回去了。

「眞可惜啊。」這下子克航今天放學沒樂趣了。

克航與阿峰和瑋瑋對視輕笑，他們不知道克航私底下做的事，今晚回家還是照樣開著視訊，訕笑今天翊容的蠢樣。

「超蠢的！」阿峰大笑不止，「你們有看到他褲子被黏住的樣子嗎？」

「有有有。」瑋瑋跟著附和，「而且他今天走路腳張得超開的，超像被幹過一樣哈哈！」

「好了好了，想想明天該怎麼懲罰他吧。」克航冷笑，「他今天居然敢給我臨陣脫逃，就要讓他知道這樣做的後果是什麼。」

是啊，今天白翊容居然請假回家了，不過他逃得了一時，逃得了一世嗎？呵呵。

在結束視訊後，克航瞄到房間另一角的弟弟在不安地縮在棉被裡。

「喂！」克航看到他那副模樣就不爽，「你在幹嘛！」

「有什麼東西……」克寧語帶顫抖，「有什麼東西在這裡……」

這語氣這更加激怒了克航。

「你這是在故意嚇我嗎？」克航走過去直接一個拳頭砸在弟弟頭上，「你最好不要給我搞什麼小把戲，不然我不會放過你，聽清楚了嗎！」

克寧像平時一樣默默忍受著哥哥的毆打，但是他確實感受到了房間內詭譎的氛圍，那是種說不出來的壓迫感。

今晚在睡夢中，克航聽見了優美的水晶音樂，是的，那正是媽媽生前最喜愛的音樂盒的聲音，那個被他摔壞的，媽媽最寶貴的音樂盒，他隨著聲音尋找，看見了一個長髮飄逸的女人，他很清楚那是誰。

「媽媽……？」他似乎知道了這是夢，但他不願承認。

夢中的媽媽緩緩轉過頭來，她的容貌和從前並無半分區別，手中拿著完好的音樂盒，克航拚了命地跑向媽媽那，卻怎麼也跑不到，而媽媽卻是面帶悲哀地舉起手來，像是在示意他「停止」一樣。

「媽媽！」克航從睡夢中驚醒，發現已經是早上了。

已經好久沒夢到過媽媽了，克航流著淚，他人生中的一切美好皆停留在媽媽過世前。

今天上學時，他總覺得身後有什麼人在跟著他，但往後看卻又什麼都沒有，這讓克航覺得有些奇怪，但不管了，他今天勢必得讓白翊容得到教訓，讓他不敢再臨陣脫逃。

然而當他一到教室時，正好見到班導走進教室，克航從沒看過她如此毫無生氣的模樣，一定是發生了什麼事。

而克航見到自己的座位面前空無一人，就在心裡怒斥白翊容這個孬孬今天又沒種來上學了是嗎？

但就在此時，班導宣布了一個震撼的消息，翊容死了，昨日被發現於自家臥房懸樑自盡，今日凌晨才被發現，被發現的時候已斷氣許久。

眼前這個座位的主人已經離開人世了，他一點都不感到難過，只覺得氣憤，能夠讓他心理跟身體上發洩的出口不在了，那個白翊容怎會如此沒用？這點程度就要去死？

全班都在默默地哭，克航冷冷地睥睨著眾人，平時他們可是爲他提供了不少幫助呢？

例如翊容被關在後走廊時，沒人去幫他開門進來，還有翊容每次被他們捉弄時，全班都在笑，有時還會幫忙一起辱罵翊容，這樣的同學們會在他死後爲他哭？眞是有夠假的。

克航眼神往左右兩邊游移，示意阿峰和瑋瑋不許盲從跟著哭，阿峰和瑋瑋見狀互看便默默一言不發地趕寫自己的聯絡簿。

才二年級剛要結束而已，可以玩的人就不在了，眞是可惜，剩下一年裡要找誰來玩玩好呢？

過沒多久，聽聞翊容的爸爸也死了，果然父子一個樣，都有夠沒用的。

再過了一個禮拜，翊容的座位居然還保留著原樣，這讓克航非常不爽，他忿怒地找上班長，然而班長卻說那是班導的主意，說是翊容曾與他們一同走過兩年多的時光，就當他還與我們一同奮鬥，於是將桌椅保留了下來，然而那個菜鳥班導怎麼可能想到這種主意？

班長偷偷地說了句：「我那天在辦公室裡聽到李長庭這樣跟班導提議。」

「是李長庭那傢伙做的？」克航忍著怒氣問。

「錯不了。」班長小聲地說，「看樣子是李長庭心有愧疚。」

好啊，這個李長庭自以爲這樣做很高尚是嗎？他在翊容生前爲他做了什麼了嗎？在翊容最需要他的時候他跑到哪去了呢？現在這個樣子是要做給誰看？

怒不可遏的克航當天放學立刻就找上了長庭，他悄悄地在大家離開後返回二班，果然看到長庭一個人在教室裡撫摸著那個桌面。

「呦，你是不是很難過啊？」冷不丁的，克航用諷刺的語氣說道。

長庭倏地回首，面有難色。

「不過回來拿個筆就看到你在這盯著這桌子看，怎麼，你的替死鬼死了讓你很難過是嗎？」馮克航輕藐地說道，「死人的東西就不該擺在我眼前晃，偏偏你多嘴讓邱嘉欣留下這髒東西。」

「我沒有啊……」長庭低首，雙手緊握。

「你眞是僞善。」馮克航沒有予以理會，「那個孬孬還在時你是很低調，低調到我都忘了你才是那個最好欺負的，現在你的替死鬼沒了，你說我會該找誰來玩玩呢？」

長庭不敢開口，馮克航見狀再三進言：「你知道那個孬孬爲甚麼死嗎？都是因爲你，要是你乖一點，他就不會被全班排擠了，你怎麼有臉要求留下他的東西？當你夢到他時，他有沒有問你，爲什麼要推他出來當替死鬼啊？」

「我沒有……」長庭用力抿著嘴，淚水在眼眶裡打轉。

馮克航見他沒有任何反應，便提起背包，笑吟吟地拍了兩下長庭的臉後走人。長庭就是這樣才不好玩，一點反應都沒有，像個死人一樣，還是翊容好玩，還可以用他的肉體來發洩。

可是眼下除了長庭以外也沒有別的人選了，晚上克航與阿峰和瑋瑋像往常一樣開著視訊，只是這次他們兩個看起來明顯憔悴許多。

「你們兩個怎麼了？」克航問道，「別跟我說你們因爲白翊容的死就變孬了。」

「不是啊……」阿峰唯唯諾諾地說，「這幾天以來我一直夢到……白翊容……」

「是啊，我也是！」瑋瑋跟著說，「我一直夢到他上吊時的模樣，好嚇人啊！」

「這樣你們就嚇到？」克航有點不耐煩了，「他是自殺，干我們什麼事，你們這叫做自己嚇自己。」

可是鏡頭前的兩人還是一樣，畏畏縮縮的，那副模樣是克航最討厭的模樣了，正想出言訓斥，但是他們剛才說的話倒讓克航想到了一個點子。

「對了，我們用這招來嚇李長庭那個膽小鬼吧！」克航興奮地說。

「你是說？」阿峰和瑋瑋異口同聲。

翌日，克航拿著事先做好的「晴天娃娃」來學校，等著長庭來教室坐下時就在他頭上捏著繩子的一端吊下這個娃娃，果不其然，長庭被這突如其來的一幕嚇得大叫。

「哈哈哈哈哈！」克航大笑，「呦，我還以爲他多大膽，被嚇成這樣眞是有毛病哈哈哈。」

長庭抬頭一看，只見他慌張又不知所措的模樣。

「原來你也會怕啊？」馮克航提著繩子晃啊晃，那人偶便像上吊的人那樣晃動，「你們有聽到他叫得多大聲嗎？」

「超大聲的耶幹！」

「我還以爲你拿假蟑螂嚇他，結果只是個娃娃就嚇成這樣哈哈哈。」

「白癡耶，被這種東西嚇到，有事嗎？」

其他的同學就算沒講話也是笑聲此起彼落，瑋瑋更是站起來從脖子後拉起衣領吐出舌頭裝作上吊的模樣：「我這樣像不像啊？」

「超像的耶靠北。」

「別這樣，他快嚇死了哈哈哈！」

馮克航領著全班來嘲笑他，睥睨著長庭，長庭只是默默地抿著唇，低頭看著自己的桌面罷了，馮克航見他這副無趣的模樣便稱：「好了，我想膽小鬼受夠了。」

此時恰逢班導走進教室，眾人也就自動靜了下來，馮克航則像摸一隻聽話的狗一樣摸了摸長庭的頭，才走回了自己的座位。

長庭眞的不好玩，可是現在除了他也沒有其它人好欺負了，拿他來充數勉強還是可以的。

而班導今日的臉色看來異常疲憊，她說：「最近我家附近總有鄰居在製造噪音，害我睡得不好，所以有甚麼事先別找我，讓班長去處理吧，今天早會不開了，你們自習吧！」

看來白翊容的死眞的給這個菜鳥班導不小的打擊呢，這讓克航暗爽了一下，只要看著人受苦他就高興。

只是令他沒有想到的是，隔天班導竟然也跟著跳樓自殺了，這下子二班一下死了兩人，立刻成為全校的熱門討論焦點，害得克航成為了被討論的對象，因為大家都知道廁所的那起事件，這讓克航心裡盡是不爽。

克航現在在學校走到哪都有人盯著他瞧，在背後議論他，甚至傳出「冤魂索命」一事，竟讓他有些心虛，不過他立刻以怒氣取代心虛回頭飆罵：「看三小！」

沒錯，他絕對不是心虛，他不是惱羞成怒，他不是害怕，只是那些人太機車太八卦而已。

這天當他回到教室時，他明顯的不安，而這時他竟看到坐在前面的長庭回頭眇了他一眼在笑，這讓他更加盛怒。

等放學長庭離開教室經過走廊準備要前往樓梯間時，他上前去勒住長庭脖子往走廊角落拖！

「嗚……！」長庭用力從被緊扣的喉嚨間擠出驚叫聲。

克航這才鬆開了手。

「都是因爲你這傢伙，要不是因爲你，事情不會變成這樣！」克航忿怒地喊道，唾液都濺到了長庭臉上。

「你……」長庭還在調整呼吸，「你到底在說……」

克航沒等他話說完就煽了他一巴掌，連背包都被甩落。

「你在偷笑我，你以爲我沒看到嗎？」克航抬起長庭的下巴，「跟你說，活著的時候都被我欺負得死死的人，死了更沒用，別以爲我會因爲邱嘉欣那個老太婆死了就會怕，如果白翊容是隻狗，那你比狗還不如，有什麼資格笑我，他會死，你可是大功臣啊！」

「你說什麼？」長庭看似受不了，一手將克航的手拍掉，「全都是因爲你欺人太甚！沒有人應該要被你欺負！看你現在惱羞成怒的樣子，是不是怕了！怕白翊容找你報仇！」

「呦，什麼時候說話變這麼大聲了？」克航慢慢逼近，「當初那個孬種幫你出頭，是你害他被全班欺負的，結果在那之後你就故意跟他疏遠，你是在爽吧，爽著有人代替你被欺負了，不然怎麼沒見過你這麼大聲的幫他說話呢？」

「要是你們還有點良心，就不會有誰代替誰被欺負的問題了……」長庭忍著淚，瞪著迫在眉間的克航，「你們加害者從來不懂得檢討自己，看來冤魂索命是眞的，我等著看，看你這條命什麼時候被收走！」

「他要來索命儘管來索啊！」克航直截了當地說，「反正你這個害他當替死鬼的也逃不掉，你怎麼還有良心繼續活著啊？爲什麼不乾脆一起去死，整天在我面前晃來晃去！」

長庭只是怒視著眼前看似有些失心瘋的克航，在僵持一陣子後，克航輕蔑一笑：「我們再來看看到底是誰該遭報應，等著瞧。」

隨後克航便轉身疾步而去，沒錯，邱嘉欣那個老太婆是自己受不了壓力才跳樓去死的，什麼冤魂索命，如果是眞的，他倒要等著看，看看生前都是孬孬的人，死後能有何作爲。

然而當他離開學校後，路上也一個人都沒有，一台車也沒駛過，整個世界異常的安靜，不過正在氣頭上克航並沒有想太多，只是匆匆趕回家而已。

當他走上公寓樓梯時總感覺有人跟在他身後，是的，就跟班導宣布翊容死亡時的那天一樣，有什麼人在後頭。

克航緩下了腳步，從樓梯縫中往下看，竟然看見身穿學校制服的人以極爲不自然的姿勢攀著扶手往上爬，他的身上沾滿了青黑色的液體，頭部異常腫脹，而就在此時那個人抬起頭來和克航對到了眼。

他的眼睛瞪得老大，被擠壓得突出眼眶，整顆頭變形發紫，從吊出的舌頭邊還在潺潺流出體液，並且他在與克航對到眼後便行動迅速地往上攀爬。

「啊……」克航嚇得迅速打開門跑進屋內。

在關上門時他感受到那東西用力撞上門的震動，克航貼著門緩緩坐下，緩和情緒。

「那是什麼鬼東西……」他用手臂擦拭額頭上的汗。

那是……克航心中只浮現出一個名字，剛才那東西的模樣簡直跟一個上吊而死的人一模一樣。

「怎麼可能……」克航搖了搖頭，接著倏地起身前往臥房。

緊接著，他看見黑暗的臥房內站著一個人的身影，起初他以為是弟弟，正要教訓他時注意到那個人影和自己一樣高，不可能是還小的弟弟，那麼究竟是……？

正當他疑惑時，那個人影竟緩緩地晃動起來，發出了吱吱作響的聲音，是的，那簡直就像是個上吊的人，不得不讓他想到「白翊容」這三個字。

他緩步後退，而那個人影逐漸漂浮出臥房，現出了他的模樣，腫脹的頭部，凸出的眼球，青黑色的體液緩緩滴落，和剛剛在樓梯間看到的人影一樣。

「啊！」克航尖叫著衝往廚房抓起菜刀。

他回頭看著那個東西不斷往自己逼近，終於，克航大叫著用菜刀狠狠地往那東西刺了數十下，那些臭酸的體液隨著克航一次又一次刀鋒落下，就一次次地噴湧而出，直到那東西終於倒下為止。

呵呵……終於結束了，生前沒用的人，死後還妄想鬥得過我？克航這麼想著。

「呼……」克航逐漸緩過神來，他看著自己手中的菜刀，上頭沾滿了鮮紅的血？

克航扶著牆站起來，慢慢定睛一看，方才的那東西現在竟然變成了自己的爸爸，爸爸身體竄抖了幾下後便再也沒了氣息，身體上佈滿了一個又一個的刀孔，鮮血源源不絕地噴出。

不……克航手中的菜刀陡然落下，他……親手殺了自己的爸爸。

他感受到自己失禁的尿弄濕了褲子。

接著他聽見了那個東西的笑聲，他往上看，看見的是白翊容那張倒吊著的腫脹的臉龐，嘴角彎曲成詭異的角度，他在狂喜，看著克航瘋狂地笑著。

接著他伸出自己如枯木般帶著血的雙手，擄住克航的脖子，用強大的力道往天花板拖，直到克航的雙腳離開了地面，脖子硬生生地被拉長，發出了了吱吱作響的聲音。

他由於巨大的痛苦，用力的想掰開那雙手，但那雙手用強勁的力道愈擄愈緊，直到克航的脖子間滲出血來。

時間過去了一陣子，小小的套房內早只安靜，只留下血已乾涸的成年男性屍體，與殺了父親後畏罪上吊自盡的男國中生，靜靜地懸浮在那裡。

第四章
伊云熙

最近的伊云熙正準備要上高一，自己就要成爲高中生了，心情難免有些不安與擔憂，但也帶有期待，她還是很期待接下來的高中生活。

會交到什麼樣的新朋友呢？課業上是否還能維持原樣甚至進步呢？班導會是怎樣的人呢？

是的，有不安，也有期待，這就是到達一個新環境後會有的再正常不過的情緒。

不過就在此時，一直以來與自己相依爲命的媽媽帶了一個年紀差不多落在十歲左右的男孩回家，說是親戚家的小孩，因爲家中發生變故，因此要暫時住在家裡一陣子。

雖然云熙確實一直以來都想要也有個兄弟姐妹，不過這也未免太突然了，媽媽連告知都沒有。

她只有提醒云熙，要好好與他相處。

然而她第一眼見到這個男孩，不知爲何總覺得有些不對勁，甚至有種背脊發涼的感覺。

雖然他看起來是有些陰沉，不過這個孩子還算可愛，應該不至於會不好相處，她只是擔心自己沒那麼多時間可以照顧一個突然多出來的表弟。

不過她還是很好奇這個突然多出來的表弟是發生了什麼事才突然住到她們家，她好奇地詢問媽媽，但媽媽卻只是含糊地帶過。

「只是親戚那裡不方便，可能要住很長一段時間。」媽媽接著提醒，「云熙，妳不是一直想當個姐姐嗎？這段時間妳就好好跟那孩子相處吧。」

「這個……」云熙並沒有覺得不妥，只是覺得有些唐突而已。

正忙著高中入學手續的云熙也不便多管此事，表弟的房間安排在云熙房間的隔壁原是客房的房間，倒也沒什麼不妥，只是她還是感覺哪裡怪怪的。

兩天過去了，最奇怪的是，從這個男孩來到家中開始，他便寸步不離他的房間，連吃的都是媽媽敲他的門，他才會緩緩開一個小縫把食物拿進去吃，吃完了再將空的餐具放在房間門口，而媽媽竟然也覺得這樣無礙，雖然房間裡就有浴室，但也不至於到一整天都能待在房間裡的程度吧？

而且她所住的社區比一般的高級，樓下有游泳池、小型電影院、圖書室、健身房，兒童遊樂區等等的，照理說小孩應該會很感興趣才對啊，怎麼會無動於衷呢？

老實說，就連那孩子長什麼樣子，云熙都沒仔細瞧過，他來到家中時就已經進房間了，媽媽也只是告知她而已。

在馬上要進入新環境前多了這齣，不得不讓云熙心中有很多疑問而焦慮起來，終於，她忍不住質問起媽媽。

「媽媽，妳可不可以告訴我那孩子到底怎麼了？」云熙檔在電視機前，「到底發生了什麼事？妳就照實講吧？」

「云熙啊……」媽媽嘆了口氣，將電視關掉，「那孩子的爸爸……死了。」

「咦？」云熙不禁發出了驚嘆聲，「那他的媽媽呢？」

「他的媽媽在他還小時就過世了。」

「這麼說來……」云熙似乎理解了那孩子行爲爲何如此。

「那孩子已經沒有親人了，媽媽不忍心他這樣，才將他接到家裡來住的，所以他不可能立刻就從陰影中走出來，特別是他還這麼小……」媽媽站起來輕撫云熙的肩膀，「所以云熙，媽媽希望妳可以幫幫我，能多陪陪那孩子就多陪陪他吧。」

「原來是這樣……」云熙心中名爲同情的情感浮現了出來，「我知道了，媽媽！」

「謝謝妳，云熙。」媽媽露出了寬慰的笑容。

那個孩子剛剛沒有了親人，會不願意見人也是理所當然的，這麼小的年紀就承受了這樣的事情，實在讓云熙於心不忍。

她悄悄來到了那孩子的房間門口，扭了一下門把，發現並沒有上鎖，打開門只見左邊大張的雙人床，右邊的大吋液晶電視與地毯上散落一地的玩具和童書，而那孩子什麼都沒碰，只是靜靜背對著門蹲坐在百葉窗前，痴痴地望著天空。

云熙見狀又輕輕關上門把，看來一定是心靈受創得嚴重，才會將自己鎖在了自己的世界中，現在還是別勉強他比較好。

但就在此時，云熙突然感覺背後有什麼東西正盯著自己看，有什麼人看著自己的背。

「媽媽？」她轉過頭去，然而媽媽並不在那裡。

身後一個人都沒有，她心想可能是自己多心了吧。

但是那股視線感是如此強烈，而且令她感到一股說不上來不適感，因此她匆匆地回到了自己的房間，躺回床上蓋上被窩。

然而她聽見了，好像從天花板上傳來吱吱作響的聲音，她社區的隔音很好，因此只可能是自己房間傳來的……這個吱吱聲，不禁令她聯想到麻繩吊著重物，晃動時會發出的聲音。

「上吊的屍體晃啊晃。」

她的腦袋裡居然浮現出這樣的畫面。

就在她感到不安時，聲音消失了，她想著果然是自己多心了吧，但胸口……卻仍然感到莫名不適。

她起身前往神明廳，每當她不安時，她就會來到這個地方，雖說是神明廳，但它其實是一個房間，是云熙爸爸生前最愛待的書房，在這裡擺了一個神明桌，爸爸喜歡在神明桌前看看書或誦經，直到過去多年了這個房間仍是保持原樣，爸爸的書櫃，與跟神像擺在一起的爸爸的牌位。

「爸爸。」云熙看著牌位輕喚了一聲。

亮著紅光的神桌燈照在云熙的臉上，她的表情滿是不捨，那個孩子和自己一樣從小就沒了爸爸，所以她特別能感同身受。

她靜靜地跪坐在神明桌前，祈求神明與在天之靈的爸爸的保佑，只要這麼做，她就會感到安心。

過不久後，云熙便開始了她的高中生活，雖然國中一起的同學被分配到別班去了有點可惜，不過自己班上的同學們大部分人都很好，班導人也很好，人帥又幽默風趣，感覺高中生活會過得很多采多姿，她已經開始期待了。

很快的，云熙就在班上認識了幾位好朋友，大伙兒下課後經常約去唱歌、逛街，吃晚飯。

在一年級還沒有開始繁忙的課業前，能這樣悠悠哉哉地度過，上了高中後的云熙每天都過得很快樂，學習上也沒有太大的問題。

現在云熙的房間的床頭旁正擺著她在高中結識的好姐妹宇彤一起在電影院前的合照，在班上沒人比得過她們的感情，她們志趣相投，喜歡的男生類型一致，也都喜歡小眾的文藝片，同樣對數學最不拿手，云熙在國中都沒認識過跟自己這麼相投的人了。

宇彤硬要說缺點的話，大概就只有說話有時過於大剌剌，有時不小心刺到人了還得由云熙來幫忙圓場呢，不過這也是她們之間的小默契。

大家都知道，高中是青少年們情竇初開的時候，云熙和宇彤的外型說實在的算是亮眼，不過她們都還不想談戀愛。

宇彤倒還好，好人卡發得很勤快，私毫不會猶豫，還會鼓勵對方要好好加油，下一個喜歡的對象會更好，不得不讓云熙捏一把冷汗說：「妳這樣說人家會更受傷的！」

「是嗎？」宇彤不以為意，「可是我是在鼓勵他耶！」

「妳啊，講話給我經過大腦！」云熙搖搖頭。

兩人相視而笑，宇彤就是這樣，做人光明正大毫無心機，跟她當姐妹云熙很放得下心。

班上有些女生當然會眼紅看不過，故意在班上說云熙她們的壞話，這時候就會換宇彤來幫忙圓場了，她會直接抓出傳八卦的人幫云熙嗆回去，雖然云熙覺得這樣太過直接了，但這最直接的方法最有效果，很快都沒人敢再亂說話了，這更讓云熙確定宇彤是個值得深交的好友。

就這樣，有了好姐妹，同學們不難相處，能力也不錯，課業上沒有太多壓力，在學校的生活完全沒有問題。

不過，家中的那孩子過去了這麼長一段時間，他的行爲沒有絲毫改變，到了吃飯時間，媽媽就會把飯菜放在他房間門口，再到客廳跟云熙一起吃飯，從來沒有在同一桌見到過他。

云熙也曾多次試圖要陪那孩子玩玩，不過那孩子完全不說話，拿著玩具給他也沒有絲毫反應。

「媽媽。」云熙提出疑問，「妳眞的覺得那孩子這樣沒問題嗎？」

「什麼問題？」媽媽居然不以爲意，「他怎麼了嗎？」

「問題很大吧？」云熙不敢置信，「我是指，我們不需要聯繫一下志工或什麼兒福機構或帶他去看一下醫生嗎？」

「妳在說什麼，當然不需要啊」媽媽的語氣似乎在逃避什麼。

云熙不得不開始懷疑，媽媽是不是有什麼事情在瞞著自己？

隔天上學路上，有個隔壁班的男生劉子華在路上捧著一束花跟一封信攔下云熙，云熙見狀往左繞子華也往左繞，往右繞子華也跟著往右繞，這讓云熙嘆了口氣。

雖說云熙的追求者不在少數，但像劉子華這樣瘋狂的，云熙還眞是不會應對。

「我說子華……」云熙餘音未畢，子華就搶著說。

「是！」子華似乎很高興，「伊云熙小姐，請妳收下這束花和信吧，這是我的心意！」

「我不是這個意思。」云熙解釋道，「子華，我知道你人很好，但我現在只想專心在課業上，我沒有心情談戀愛，所以對不起，我不能接受你的告白。」

「怎麼這樣……」子華很失落，「不然我轉到妳班上，跟妳當好朋友好嗎？」

「這樣不好吧？」云熙想不到什麼話來婉拒，「就算你轉來我班上，你對我的告白也不能讓我們當好朋友啊？」

「可是！」子華還想說話，但被打斷了。

原來是宇彤正好經過，趕緊幫忙打斷這荒謬的場面，威嚴地說：「劉子華，你這噁男，你再來騷擾云熙，我一定會向主任告發你！」

「彤彤！」云熙趕忙阻止宇彤說出更難聽的話。

「不管怎樣，伊云熙小姐請你收下這個吧！」子華還是硬把花跟信塞到云熙手裡然後倉促跑了。

「喂！你這變態！」宇彤氣憤地大喊，恨不得跳起來罵。

「啊……」云熙看著手裡的捧花與情書，一時之間不知道該拿它怎麼辦。

「把它給我，我拿去丟了吧。」宇彤無奈地說。

「算了，難為了他一片心意，信我可以收著，不過花……」

最後云熙將花放在了路邊，把信收進書包裡了，畢竟把花放進書包裡實在有點困難，不然云熙也不想辜負子華的一片癡情。

「妳啊，就是這樣，不懂拒絕，才讓那個噁男一直來騷擾妳！」宇彤為云熙打抱不平，「妳有沒有把我的話聽進去啊，妳這樣讓我很擔心妳知道嗎？」

「有有有，聽得耳朵都要長繭了。」云熙打趣地說。

「妳還有心情開玩笑！」宇彤都要昏了。

確實，劉子華這樣的行為已經不是第一次了，只是云熙的個性不像宇彤那樣強勢，同時也不想太過打擊對方，沒想到反而讓劉子華一直認爲他是有機會的。

這天放學回家等電梯時，云熙才將信拿出來看，其實劉子華只是不懂怎麼拿捏好追求女生的距離而已，不然應該也是個可愛的人。

電梯一到，云熙正好看完，踏進電梯按下自己家的樓層按鈕，在電梯關上時好像聽到了腳步聲匆匆跑來的聲音，云熙想著該不會有人趕著搭電梯急著跑過來，只是她爲了看信分神了？

她趕緊按下開門鈕，只是門已經關上來不及了，但云熙感覺到有什麼東西在電梯門關上的那瞬間大力撞上電梯，讓整部電梯震動了一下，這不禁令她嚇到寒毛直豎。與此同時，她又聽見了那個像麻繩吊著重物晃動時會發出的吱吱聲，在整個電梯裡繚繞著。

「不……」她摀上耳朵，想等電梯門一開她就衝出去。

只是在電梯門開的時候，不知爲何，她踏出電梯的那瞬間往下看了一眼，在地板與電梯的縫隙中，她看見了一雙突出的「眼球」盯著她看，她立刻叫著用最快的速度拿出鑰匙打開家門衝進神明廳。

「啊……啊……」她還在喘著氣，不過在這裡，她就能安下心來。

剛才的事情是怎麼回事？

她無力的蹲坐著，卸下書包，看著神像與爸爸的牌位，她立刻就安心了起來，不管那是什麼，起碼在這裡她很安全，聞著檀香的味道，她逐漸緩下神來。

「怎麼了這是？」媽媽聞聲趕來，「云熙，妳在做什麼？」

「沒什麼，只是……」云熙也不知該如何解釋方才的事。

「這是……」媽媽走近，撿起地上的信，似乎是剛剛卸下書包時意外滑落的。

「啊！那是……」

「云熙，媽媽最近看妳的社群，妳說有個人讓妳很困擾，是不是指這個？」媽媽看著信封上的愛心貼紙與劉子華的名字問道。

「是也沒錯……」云熙想著，果然不該讓媽媽追蹤自己的社群的，「可是他是個好人。」

只見媽媽若有所思，把信還給云熙後說：「這件事讓媽媽來處理。」

「唉？」云熙不解，「什麼意思？」

「妳以後就別擔心了。」媽媽無所謂地說道，「晚飯煮好了，快來吃吧。」

「等……」云熙還沒來得及說，媽媽就離開房間了。

什麼叫做她會處理好？云熙也不想多問什麼了，或許媽媽有她自己的想法吧。

剛才的電梯或許只是自己一時眼花，在她對著神明桌跪拜完後，她走向飯廳的路中又看見了擺在那孩子房間前的飯菜，她對於這孩子的疑問是愈來愈多了，但媽媽什麼也不說。

過了兩天，早晨云熙一樣在走去學校的路程中碰到了劉子華，他也看到她了，她正想著這次該用什麼藉口擺脫他時，劉子華就嚇到似的自己跑走了。

「好奇怪啊……」劉子華那反應是怎麼回事呢？

「這件事讓媽媽來處理，妳以後就別擔心了。」

云熙突然想起媽媽說的這句話，說起來媽媽在爸爸過世後就一個人擔起了爸爸生前的職位，是財團主管的地位，也因此云熙的家境一直都是富裕的，爸爸早逝，但媽媽還是堅強地捨棄主婦身分接下了爸爸的職位，讓云熙一直衣食無缺，想學什麼就學什麼。

到了這幾年，媽媽手下的員工多了，有更多時間可以待在家中，既有高額收入又可以常常待在家裡陪伴云熙。

不過媽媽私底下究竟在做些什麼呢？

云熙從前從未細想過，但媽媽的人脈肯定不少，手伸得到的範圍一定相當廣泛，要幾個人去威脅某人也不是什麼難事吧？

但是云熙的印象中，媽媽一直都對自己很好，她從未見過媽媽生氣的模樣，應該不至於會做出這種事吧……？

但看剛才劉子華的反應，與近期家中的那孩子，不得不讓云熙懷疑起，媽媽是否有隱藏的另一面，是否有什麼隱瞞著云熙。

當天晚上，云熙在自己臥房讀書時，聽見了從隔壁，也就是那孩子的房間傳來「咚、咚、咚」的碰撞聲。

本想著或許那孩子在玩什麼發出來的吧，但是這聲音持續了很長一段時間，讓云熙無法靜下心來讀書，於是她起身過去查看那孩子究竟在做些什麼。

當她到那孩子房間門口時，發現房門根本沒有關，留了一條小縫，裡面也沒有開燈，只有微弱的月光透過百葉窗照射進來而已，接著她透過微光看到了奇怪的東西，有什麼在天花板晃來晃去的。

接著她簡直不敢相信自己看到了什麼，她看見懸浮在半空中，身穿學生制服的人影，透過一根繩子倒吊在天花板上，他晃動的雙腳碰撞在牆壁上發出了「咚、咚、咚」的碰撞聲，同時還發出了麻繩吊著重物的吱吱作響的聲音。

「克寧！」她立刻衝進房間。

然而，那孩子「馮克寧」，只是坐在床上，一點反應也沒有，而方才晃動的人影在她衝進房間後消失得無影無蹤，不得令她呆愣良久。

等她回過神來，她馬上過去搖著克寧的雙肩問他：「你有沒有怎麼樣？你有看見剛才的人嗎？」

然而她沒有得到克寧的回覆，他只是癡癡地望著她，不發一語。

「你眞的沒事嗎？」她嘗試性的在問一遍。

但是仍然沒有得到回覆，可是方才的景象與聲音不可能只是她看錯而已，這裡一定發生了什麼事，但是克寧一點反應也沒有，這讓云熙更加不知所措了。

她想起先前的事情，不但害怕，也擔心克寧，可是她不知道能找誰講這種事。

她只能想到她最好的姐妹，宇彤。

隔天正好是週五晚上，媽媽不在家裡，害怕的云熙提出了讓宇彤來家裡陪她住的想法，宇彤當然高興得不得了，一來到她家社區就是一陣驚嘆連連，像個鄉巴佬似的到處探險，並表示她從來沒看過這樣高級的社區。

「妳也太誇張的了吧！」云熙笑稱。

「喂！不是我在說，妳家社區眞的好酷啊！」宇彤還沒說完又不知道看到什麼，興奮地說，「哇！那是什麼，我要去玩！」

宇彤將近逛了快一個小時才終於來到云熙家門口，云熙眞的對宇彤的反應感到很好笑。

「妳可是班上是第一個來我家玩的喔。」云熙打趣地說，「妳看我對妳多好。」

「妳家社區眞的很酷耶，妳居然這麼晚才帶我來玩，眞是太過分了！」宇彤盤起手來嘟嘴。

「讓妳來妳還嫌。」云熙邊笑著邊轉動鑰匙打開門。

然而就在云熙打開門的那瞬間，宇彤居然像著涼似的打了一個冷顫。

「妳怎麼了？」云熙撫著宇彤問道。

「沒什麼，就是覺得……」宇彤往裡面看了一眼，「嗯，沒什麼，就是突然有點不舒服而已。」

「眞的嗎？」云熙很懷疑。

「眞的啦，可能是剛才在妳家樓下玩太久了，我們趕快進去吧！」

「喔……」云熙總覺得宇彤想講什麼但沒講。

在云熙帶領宇彤到自己房間時，路過了克寧的房間，宇彤突然停了下來。

「怎麼了嗎？」云熙問道，「這裡就是我表弟克寧的房間。」

「這裡是妳表弟的房間？」宇彤摸著自己的雙臂，「總覺得有哪裡怪怪的……」

「那個啊，晚飯的話他不會跟我們一起吃，媽媽有幫他準備了。」云熙解釋說。

「我不是指這個……」宇彤看起來一副不舒服的模樣。

「妳還好吧？」云熙拉起宇彤的手，「先進來我房間再說吧，好嗎？」

等到宇彤進了房間後，云熙去拿了一些餅乾零食和飲料進房間，想著今晚可以邊看電影邊聊天度過今晚。

「妳房間對面那是神明廳啊？」宇彤邊吃著巧克力棒邊問。

「是啊，那是從小到大供奉的神，還有爸爸的牌位也放在那裡。」云熙也邊吃邊說。

「這樣子啊……那應該不用擔心了」宇彤小聲地說。

「咦？擔心什麼？」云熙聽見了，便問宇彤。

「沒什麼啦，話說回來，我們要看什麼電影？」宇彤感覺像是在轉移話題。

總之今晚是在邊吃邊喝、邊看電影，邊聊天到凌晨，很愉快的一晚，但云熙總覺得宇彤跟媽媽一樣有什麼事情沒有跟自己說。

不過今晚不用自己面對那些事情，讓云熙很開心，也就沒有多問什麼了，只要有人可以陪自己就好，只有自己跟克寧在家的時候，她總覺得莫名的害怕，尤其是他來到家中後發生的各種怪事。

自從那晚之後，宇彤就頻頻地關心著云熙近期的狀況，比以前要來得多了，終於，云熙忍不住問了，問了宇彤那晚來到她家究竟怎麼了。

「妳聽我說，妳不要覺得我在開玩笑，也不要懷疑我說的話。」宇彤異常認真嚴肅地說著。

「嗯……我相信妳說的每一句話，不用瞞著我，想說什麼全都說吧。」云熙回應道。

「我覺得妳家裡有不乾淨的東西存在。」宇彤回想起那晚，又覺得戰慄，「在妳家樓下是沒感覺到什麼，不過一踏進妳家門，就有一股寒氣襲來。」

「不乾淨的東西？」云熙毫不避諱直接問，「妳指的是鬼魂一類的嗎？」

「是……而且絕對不是普通的鬼魂，我懷疑跟妳那個新來的表弟有關，一經過他房門口我胸口就難受得快喘不過氣來……」

「這些事妳怎麼不早跟我說？」云熙不解，「還有妳有這種體質的事，妳也從沒跟我說過！」

「跟妳說了只會嚇到妳！」宇彤趕忙解釋，「我不想影響到妳，所以沒提過，不過我覺得這是我的錯，我那天就該提醒妳，就該跟妳說的！對不起，云熙……」

「彤彤！」云熙牽起她的手，「這怎麼會是妳的錯呢？」

「云熙，妳聽我的，離克寧那孩子愈遠愈好！」宇彤相當擔心，「他身上一定跟著什麼東西，那東西非常危險，我怕妳會受到牽連啊！」

「那孩子……」云熙回想起，「自從克寧來到我家後，我就常常遇到怪事……」

「這些妳也沒和我說過啊！」宇彤擔心地喊道，「妳要是早點跟我說，說不定我能更早發現的……都是我不好，對了，妳說那孩子的爸爸剛過世，妳媽媽有提到具體是怎麼過世的嗎？」

「我媽媽不願跟我提得更深入，所以我也不知道詳細情況……」云熙不禁想起媽媽每次那一副瞞著自己的模樣。

「我這邊會盡可能地幫妳找到線索，我一定會幫妳的。」宇彤用力地點頭。

「我知道妳會幫我的」云熙當然知道，宇彤一定會幫自己的。

當天晚上，云熙照常地在寫著作業，不過她無論如何都無法靜下心來，經過今天和宇彤的交流後，她終於確定一連串的怪事由來都源自於她的表弟「馮克寧」來到家中開始的，而且媽媽一定隱瞞了什麼事，那孩子的爸爸究竟是如何過世的？

會不會其實和媽媽有關呢？她不禁又聯想到劉子華那天的反應，在那之後劉子華就再也沒找過云熙了，她一直懷疑是不是媽媽做了些什麼？

現在自己的媽媽就在客廳看著電視，她熟悉的溫柔的媽媽，可如今她卻覺得媽媽其實好陌生。

想知道答案的話，就硬著問吧……

就在云熙準備動身前往客廳，想要一次問個清楚時，手機來電了，是宇彤打來的。

「怎麼了彤彤？」她接起電話，「怎麼這個時間打來？」

「云熙，妳現在冷靜地聽我說。」宇彤那邊的聲音很嚴肅，「妳表弟是不是還有個哥哥？」

「哥哥？」云熙對於她親戚家根本沒什麼印象，不過她好像確實不只有一個表弟

「好像有吧……怎麼了嗎？」

「我現在發過去一個新聞，妳冷靜地讀完它。」語畢，宇彤便發來一則新聞連結。

云熙有些忐忑，不過還是鼓起勇氣點開了它，但那裡面的內容簡直令人不敢置信，只見新聞標題上寫著：「國中生弒父後畏罪上吊自盡」，而那名國中生的名字正是「馮克航」。

「這……」云熙不禁咬起手指。

「這個馮克航就是你表弟的哥哥吧？而且時間也正好……吻合……啊……啊啊」宇彤電話那頭傳來的聲音突然參雜進雜訊。

「喂？」云熙慌忙問，「喂？彤彤？訊號好像……」

餘音未落，電話就自己掛斷了，焦急的云熙想要趕緊重播，可是卻怎麼也連不上，但訊號明明是滿格的，但就連訊息都傳不出去？

與此同時，隔壁間又傳來「咚、咚、咚」的碰撞聲，她想起那天看見的場景，嚇得手中的手機滑落到地上，可是這次她不想再逃避了，她要弄清楚這一切是怎麼回事。

「克寧……？」她輕輕推開他的房門。

只見克寧像平日一樣呆坐在床上，明明是大晚上的，燈也不開，只有微弱的月光從百葉窗灑落進來，云熙這次靜靜地走上前去，蹲在克寧的面前。

「拜託你了，要是知道什麼的話請告訴我。」云熙乞求似地說，「求求你。」

云熙說著，邊將手搭上克寧的肩膀，就在那一瞬間，她看見一幕幕記憶湧入自己的腦海中。

她看見自己身穿著五神國中的制服，而上面遍佈了無數原子筆刺穿的痕跡，她看見自己的桌上到處都是被亂塗過的痕跡，她感覺到自己被全班嘲笑的那種滋味，接著她看見了，有一群人將自己團團圍住，他們要求，不，是拿著刑具威脅要她以後不許張揚被霸凌的事，否則後果不是她能承擔的。

她經歷了這一切，她知道那個帶頭霸凌的始作俑者是馮克航，而那些威脅要她不許再張揚此事的人是……好眼熟，在她媽媽的公司裡見到過，是她媽媽做的，劉子華也是這樣被威脅要他不許再靠近云熙的，一切都是媽媽做的！

她甚至感受得到這個人的一切絕望與怨恨的情緒，她受到了這些傷害，無人幫助、無人在乎，甚至被霸凌者的人威脅不許張揚。

等她抽離這些跑馬燈似的回憶時，她已經淚流滿面，而且，她的手中正莫名出現一件制服，而上面的名字繡著「白翊容」三個字。

白翊容……就是……

她似乎意識到了什麼，抬頭望向克寧，只見克寧抬起手來，指著云熙的背後，說出他來到這個家後，云熙所聽見的第一句話：「他一直跟著我，不肯離開。」

云熙睜大的雙眼，視線隨著他的手緩緩將頭往後轉，只見一雙懸空的雙腳，她不敢再往上看，而此時她手中的制服正緩緩蠕動著，接著就從袖口竄出一隻蒼白消瘦的手來掐住云熙的脖子。

「啊！」云熙尖叫著甩開手中的制服。

而曾幾何時，整個房間內只剩下自己一人了，克寧不見了。

被她甩在地上的那件制服現在正有如生命般，緩緩地往云熙的方向蠕動過來。

「不要啊！」云熙邊叫著邊用最快的速度跑出去。

「云熙！」媽媽聽見了尖叫聲，衝來克寧房間門口，「云熙妳怎麼了！」

「媽媽……」云熙一跑出來就撞在了媽媽懷裡。

此時的她好想像個孩子般躺在媽媽懷裡哭訴，但現在她看見了媽媽只感到滿滿的不解與怒火。

「爲什麼要隱瞞我……」云熙的口氣有如法庭上的被害人般，「爲什麼要做這些事！」

「妳在說什麼啊，云熙？」媽媽根本還沒意識到發生了什麼。

直到……那件制服不斷地冒出青黑色的液體，直到……「那個東西」整個人緩緩地從沼澤般的液體中爬出，向母女兩一拐一拐地走來。

「啊……」媽媽看見了她該有印象的那張臉龐，「啊啊啊啊啊！」

她立刻帶著云熙衝到了家門口，連鞋子都沒穿就急著開門逃出去，然而外面的模樣跟平常看到的裝潢奢華的走廊私毫不同，外面漆黑一片，並且有一群人的哀號尖叫聲，可以在黑暗中看到有一群人影正往這邊衝過來。

媽媽見狀又立刻將門關上，死死地鎖著，而外面那群東西正衝過來撞上了門，發出了劇烈的響動，並用他們的指甲幽幽地抓著門板，發出了令人起雞皮疙瘩的聲音。

是的，整個空間彷彿變成了一個充滿著亡靈的世界。

「我全部都知道了……」云熙似乎根本不想管這些，她只想親耳聽見媽媽說出事實，「媽媽妳知道馮克航霸凌班上同學，妳爲了幫馮叔叔，不讓這件事情鬧大，妳就用妳的人脈，去威脅那個被霸凌的同學，要他當個啞巴，不許張揚這件事！」

「媽媽我沒有想那麼多，我也是爲了幫妳叔叔啊！」媽媽絕望地喊著，「我怎麼知道事情那麼嚴重，我怎麼知道會變成這樣！」

「妳怎麼能這樣……妳根本不懂馮克航做了些什麼，妳怎麼能去幫一個加害者呢！」云熙痛斥，「妳繼承爸爸的職位，卻拿來這樣肆意利用，妳對得起爸爸嗎！」

「云熙！」媽媽聽著周圍愈來愈多的亡靈慘叫聲，緊緊地抱住云熙，「都是媽媽不好，媽媽對不起妳……」

與此同時，母女兩身後的門猛然打開，從漆黑的世界裡，伸出了一雙雙慘白的手臂，爭先恐後地抓住了媽媽的四肢開始向他們那裡拉扯過去。

「媽媽！」云熙慘叫失聲地想要拉住媽媽，不被那些亡靈拉走，「不要！放開她！」

「云熙！」媽媽用力地掙扎，可是那些手愈擄愈大力。

直到媽媽的手腕被硬生生扯掉，她驚聲尖叫，可是那些亡靈愈發興奮，連同她的雙腳腳踝也被扯下，從動脈噴出了大量的鮮血，她叫得愈大聲，亡靈就愈是積極地將她僅剩的一隻手腕也暴力地撕扯下來，接著是手臂、小腿，她的身體被拆得四分五裂，最終消失在黑暗中，門也旋即關上，只留下一地的血攤。

云熙甚至忘了怎麼呼吸，她的身上遍佈著她媽媽的血，她活生生看著她的媽媽活著被分屍，從門的那端傳來了嘻嘻的笑聲。

不知過了多久，直到門再度緩緩打開，那些手再度伸入時，云熙才放聲大叫著往後衝到她認爲最安全的地方，神明廳。

她急速地跑著，那些手也用最快的速度伸向云熙，云熙先一步跑入神明廳將門關上，在門關上的那瞬間，亡靈的慘叫聲消失，整個世界安靜了下來。

她知道這裡是亡靈的禁區，他們無法靠近。

她靠著門無力地滑落，她看著自己身上的血，她痛哭出來，哭到眼淚乾涸，哭到聲音都快啞了，她看著身邊的書櫃，眼前的神明桌，與神明桌上擺著的爸爸的牌位，這是她唯一的倚靠了，她四肢並用，慢慢地爬向那裡，她聞著檀香味，亮著紅光的神桌燈照在云熙的臉上，她的表情滿是絕望與怨恨。

「爲什麼……」

爲什麼要用這種方式帶走她的媽媽，「那個東西」可以報仇，可以恨她媽媽，但爲什麼用這種方式！

「爸爸……」她攀著桌緣，趴在神明桌上頭，「我該怎麼辦……」

她看著滿桌的貢品與神像，她知道她在這裡會很安全，從前到現在，這裡都是她的心靈綠地。

忽然，她的頭被一雙冰冷的手給「捕獲」了，她終於看見那個東西「白翊容」完整的從神明桌裡面探出半個身子，用他消瘦卻有著強大力道的手臂將絕望的云熙整個人抬起來往神明桌裡頭拖進去，直至整個人消失爲止。

神明桌上的神像、父親的牌位，貢品與發出紅光神桌燈都保持著原樣，桌上點的檀香還在冒著白煙。

過幾天，母女兩在自家失蹤的事很快便在社區裡傳了開來。

她們家領養的那個小男孩也不見蹤影。

第五章 葛宇彤

得權者利於天下。

阿峰早就明白了這個道理，即便他懼怕馮克航，也不敢多吭聲，就連那個邱嘉欣都成了匍匐在他身邊的一條狗，阿峰看著李長庭跟白翊容先後成了受難者，他又怎敢出面說話，倒不如說，依附著馮克航也不是沒有好處，就是得把自己的良心與自尊先抹滅了。

他早就看穿了，馮克航那扭曲的心理，得不到的愛就用強迫的方式從他人身上獲取，因爲不好對女性下手，只好拿氣質接近的男性當容器，白翊容不過就是個可悲的試驗品，李長庭的反應不夠激烈，只會默不吭聲，白翊容會反擊、會痛苦，甚至有時會突然給出正面的情緒，這樣的反常當然更適合當獵物。

斯德哥爾摩症候群。

馮克航時不時給予的憐憫，讓身爲受害者的白翊容產生了惻隱之心，才會出現這種現象。

馮克航的舉止出於愛，扭曲的愛意，用可怕的手段來得到白翊容，白翊容的反常出於恨，由恨生愛，這是多麼可歎又可憐的關係啊，最終白翊容不敵這種情緒與環境而倒下了。

在這個世界，死是最好的解脫，阿峰過去是這麼認爲的，然而死去的靈魂眞的能夠死得其所嗎？

「瑋瑋！快離開那裡！」電腦螢幕上出現瑋瑋的身影。

「啊……啊啊……」而另一側瑋瑋的聲音從音響中傳來，他只能發出奇怪的呻吟聲，因爲他的頭被死死固定住了。

畫面上瑋瑋的頭被一雙死白色的手從耳朵兩側箝制住，阿峰試圖撥打電話求救，但畫面上的訊號呈現怪異的亂碼。

「你等等！」阿峰要跑出房間，「啊！」

房門以驚人的力道關上，他亦被一股無形的力量拍飛到牆上，背部重創，倒在地上痛苦地大叫著，但彷彿沒人聽得到：「救命啊……！」

同時畫面中的瑋瑋表情更加猙獰了，那雙手加大了力度，瑋瑋的頭開始被往左側扭過去，五官都因爲奮力掙扎而扭曲在一起，此時畫面自己動了起來，阿峰不可置信地看著，直到畫面被拉到全身爲止，只見瑋瑋的四肢都被一雙雙的白手固定在椅子上，就像是……就像是平時他們對白翊容所做的那樣。

此時視窗自己彈跳出另一個畫面，是一個眼熟的人，是雅雯，她的頭正被一隻白手死死按在馬桶上，她的雙手壓在馬桶邊緣，白手時而減輕力度、時而加重力道，就像在玩弄獵物一般，雅雯也曾拿著當初他們把馬桶水倒在白翊容身上這件事來羞辱他。

彷彿想要驗證阿峰的猜想，一張臉緩緩映入眼簾，同時出現在兩個螢幕前，是還維持著生前的模樣的白翊容，而且他似乎想讓所有人好好看著他的表情，他的微笑非常猖狂，無聲、卻瘋狂地，笑著。

瑋瑋的頭已經整個扭轉到側面了，但白手沒打算減輕力度，持續壓著他的頭部轉動，此時脖子處的幾根肌肉已經應聲斷裂，他的嘴角也流出血水交雜的白沫，眼球睜得老大，在他眼前的卻是白翊容的笑容。

啪！一聲斷裂聲傳出，那是骨頭爆裂的悶聲，頭部皮膚也開始被撕裂，瑋瑋的頭被轉到背後了，以人體結構而言不可能出現的角度，然而他卻還沒有死。

繼續旋轉了一圈後，瑋瑋的頭部被徹底分離，噴出大量鮮血，白手放開他的頭顱，就像仍垃圾一般，仍到了地上，並滾落到螢幕邊。

雅雯被壓著，直到快窒息、並喝了一肚子馬桶水後，白手才會鬆開，然後沒等她喘上幾口氣，白手便再次將她壓進馬桶裡，就這樣重複循環。

「放開我！」雅雯大叫著。

她奮力掙脫，白手則是一把抓起她的頭髮，她尖叫著掙扎，但沒有用，白手跩著她來到鏡子前，她看著自己被凌辱的表情，白翊容憐愛般地撫著她的臉頰，臉上露出她這一生看過最後、最恐怖的笑容。

接著白手跩著她的頭撞向鏡子，整面鏡子爆裂開來，碎片紮進她的頭顱以及她面部的肌肉組織，血流了一地，接著又拉著她的頭撞向馬桶蓋，力道之大，整個馬桶應聲碎裂，外漏的水管噴出水來，灑滿她的全身，此時她的臉已經無法辨認其原先的容貌，毀成一團了。

然而即便如此，她也沒死去，白手一次又一次，將她殘留的頭部撞向陶瓷碎片，一次一次蹂躪她僅存的肌肉組織，直到手部再也掌握不住時、直到她的頭顱整個爛掉時，白手才終於放開她。

浴室四周被血暈染，全身只剩一點點頭部的屍體倒臥在地，被馬桶水淹沒著。

「啊……」阿峰已經吐了一地。

兩個畫面是同時進行的，直至兩人一同死去。

是刻意的，因爲他知道他們平日裡都這樣來嘲諷、計畫如何對待他，所以他用同樣的方式來伸冤、報仇。

隨後那個再熟悉不過的臉龐出現在了自己面前：「翊容……對不起，我不是故意的……眞的不是！」

然而阿峰似乎明白，此時此刻的道歉，已經來不及了。

等待他的，只會是跟那兩人一樣的結局。

「云熙！」宇彤站起身來，「云熙！妳有聽到嗎！」

下一秒，電話就被切斷了，一股不好的預感湧上心頭，宇彤立刻就丟下手邊的事，跑到路邊攔下一台計程車，她立刻趕往云熙所住的社區，路途上報了警。

但是沒有趕上，等警察破門而入時，已經找不到云熙了，嘗試聯絡她媽媽也聯絡不上，調監視器只錄到她們母女進屋，就再也沒出來過了，屋內沒有任何入侵或打鬥痕跡。

宇彤先前所感覺到的怪異感，隨著云熙一同消失了，她恨自己爲什麼不早點警告云熙，不然就不會變成這樣了……

經過兩天，終於已失蹤立案。

但是早已來不及，現在學校、街道上，都掛滿了她們母女倆，以及表弟的尋人啓事，云熙的媽媽不知道是何方神聖，懸賞金額竟開到了五千萬。

現在的宇彤只覺得無比後悔，要是她早點告訴云熙她們家那個表弟身上的異樣就好了，她剛開始只是覺得這說出來只會造成云熙不必要的恐慌，結果竟造成這種後果。

小時候的她就可以感應到一些奇怪的「現象」，但她基本不會去理，無論是看到、聽到、碰到，她都已經習慣了，也從來不特別跟任何人提這件事，除了自己的奶奶之外，她的這種體質似乎從奶奶那繼承下來的，她的奶奶從小就經常傳授她關於這部分的知識，但長大後她逐漸與奶奶疏遠了。

那天一經過云熙表弟的房間門口，她立刻感覺到一股無形的壓力壓在她的胸口，令她難受得差點昏厥過去，但她依舊是表現得很鎮定。

後來突然間舒緩了，起初她沒放在心上，覺得好就好了，直到後來愈想愈不對勁，彷彿該現象、不，應該說是某個靈體，正在躲她似的。

所以她才決定把這件事跟云熙講，要云熙注意，她自己則慢慢從網路上尋找資料，結果被她找到了，只是還來不及警告云熙，就發生了這種事……

「我必須要調查清楚。」

是，宇彤知道她必須查個水落石出。

「劉子華！」這天她在上學途中拉住了劉子華的手。

跟過去很不一樣的是，那個愛騷擾女生的劉子華面對這種舉動，反應居然是害怕，他怕得甩開了宇彤的手。

「你這反應？」宇彤趁勢問道，「云熙她的媽媽是不是對你做了什麼？」

「我……」劉子華支支嗚嗚的。

「你倒是講啊！」宇彤可沒有耐心，「你這噁男以前老是找機會就要接近云熙，那天突然變了個人，云熙跟我說了，是她的媽媽做了什麼，對吧？」

「那天……有幾個人把我圍堵起來，在我放學回家的路上……然後，然後他們一腳就往我肚子踹，我痛得不行，說他們知道我住哪，也知道我親友們的下落，說是……不想斷手斷腳的話，就離伊云熙遠一點，他們往我身上潑汽油，還作勢點火，說是當作一次警告，沒有下次了……」

劉子華說得戰戰兢兢的，似乎對他造成很大的陰影，他還接著說：「他們說報警不但沒用，還會讓我自己置於危險中，他們人多，最不怕的就是被關，伊云熙是他們保護的對象，再僭越一次，後果自己知道……」

「這種事情你也不說？」宇彤疾言厲色地說，「這分明就是恐嚇啊，就算是你這傢伙，你也應該要尋求幫助才對！」

「我怎麼可能敢說！」劉子華打岔，「妳又不是我，妳怎麼可能懂我的恐懼！」

宇彤語塞，她的確不是當事人，沒資格為當事人假定立場與發言：「那好，可是你要幫我，云熙失蹤了，你必須提供線索給我或是警方。」

「我不要……」劉子華猛力搖頭，「我不想再攙和這件事了，云熙她肯定是因為她得罪上頭不該惹的人物才會這樣，才會引火自焚！」

「引火自焚？」宇彤皺起眉毛，「劉子華，你可別太過份！」

「我說的是實話！」劉子華再次打斷她，這種強硬的作風不像是以前的他，「妳也一樣！」

「你說什麼？」宇彤不解地說，「你這樣還敢說喜歡她，你什麼意思？」

「喜歡她也要建立在安全的情況下啊！」劉子華語氣顫抖，「妳最好也不要攪和進去，我是不知道伊云熙她到底惹到誰，但她現在的下場……就有可能是以後妳或我的下場，妳不懂嗎！」

眼看劉子華的情緒如此激動，宇彤怕是也問不出個更多了：「好了，你冷靜點，剩下的我就自己處理吧，你好好把精神處理好再說吧！」

劉子華轉身就跑進學校了，連個再見也沒說，雖然很不想承認，但跟以前的他確實差很多，看樣子是沒辦法從他這邊拿到更多線索了，云熙的失蹤讓他更害怕了。

由於云熙的失蹤，在校內引起了諸多討論，畢竟云熙也是校花，導師們來上課的第一句話也幾乎全是教育的長篇大論，要同學們注意安全、宣導自救方法之類的，整天的氣氛都很陰鬱。

至於宇彤，在那之後不過幾天，一堆同學跑來問她，畢竟她是第一個發現云熙失蹤的人，也是之前跟她最要好的朋友，警方當然也不斷找她過去做筆錄，但她只覺得心煩意亂，特別是這件事很有可能「非人爲」的情況下。

她幾乎沒在上課了，那篇報導，宇彤在鑽研，看能不能找出更多線索。

「國中生弒父後畏罪上吊自盡」，這篇報導上的主角正是云熙她的兩個表弟之一，馮克航，是五神國中的學生，她接著用網路搜尋五神國中的二年二班的人員，班導師邱嘉欣也死了，網頁上赫然跳出「班導師因放任學生被霸凌致死而不堪壓力跳樓自盡。」

的報導。

並且在馮克航去世的同一晚，還死了三個學生，通通都是自殺，「五神國中的二班三位學生竟在同一晚集體自殺。」宇彤認爲事有蹊蹺。

看樣子事情的突破口就在這裡。

隔天的假日，宇彤親自前往了五神國中，想要在這裡找到一些線索。

「你好。」她敲了敲警衛室的窗戶，「請問假日有開放進入嗎？」

接著警衛用手指扳開了百葉扇，僅露出一雙眼睛：「請問妳是學生還是家屬？」

「我是附近揚羽高中的葛宇彤。」宇彤報上學校跟姓名，「我朋友忘了東西，我幫他拿一下，去去就回。」

警衛上下打量了一下：「行吧，反正也不會更糟了。」

「唉？」宇彤聽到這句話，一時有些遲疑。

但警衛沒有理會她的反應，按下按鈕就把鐵門旁的小門給打開了，宇彤雖然覺得有些奇怪，但畢竟是來勘探的，最好不要多說什麼引起他的懷疑。

不知爲何，明明現在是白天，但陽光的鋒利光芒將她的影子拉的長長的，如同高聳的死神般，一進校門就令她感到不舒服。

遠處的操場上擺著類似做法用的器具，這些她很熟悉，過去奶奶的家經常能夠看見。

「二年二班……」宇彤來的主要目的是這裡。

但整個學校安靜得可怕，感覺好像連個值班人員都沒有似的，並且愈靠近目的地，她的身體就愈發不舒適，這種感覺就跟當時去云熙家時可以說是一模一樣，絕對錯不了！

「看樣子是某種散不去的怨念。」宇彤不知不覺已經來到二年二班門口，「是地縛靈？」

不對，地縛靈是無法離開自己死去的地方的，那個被霸凌的學生，白翊容，如果是他的詛咒，不可能可以波及到云熙。

整個二班現在已經被膠帶還有木板封死了，看樣子他們是打算把這個班撤掉了，畢竟傳出了那麼多條人命，掩息總是得權者的手段。

她小心翼翼地扭動前門的把鎖，果然也被牢牢鎖住了，而且這些板子也把門釘起來了，實在無從下手。

轉而走到後門，果然是有種說不上來的不適感，實際上她現在已經感到呼吸困難了，但她搖了搖頭，無論如何，她必須討一個答案，如果眞是那個叫白翊容的故者做的，他向那些跟他有仇的人報仇就好了，爲何要找上云熙，這件事從頭到尾根本不干

云熙的事。

到底有什麼資格去傷害一個無辜的人呢？這樣做跟霸凌者有何區別！

就像要回答她的疑問似的，被遮擋住的灰暗的教室內，一個漆黑的身影慢慢浮現，看不清他正面或背面，但能夠感覺到他直勾勾地盯著宇彤看。

她應該感到害怕，就像上次一樣，但此時此刻，她的恐懼被另一種情緒取代了，是憤怒。

好友被無辜波及的憤怒。

她扭開了門把，但那個身影在門被打開的那刻消失了，她也什麼都感應不到了，這個靈體有意識地在迴避她。

然後前方傳來一陣嘎吱聲，是桌子在晃動，騷靈現象，宇彤很清楚，這是靈體有意地誘導她去看向那裡，而她也沒有迴避、沒有害怕，她走向那張鋪滿灰塵的桌子，宇彤上前仔細瞧了瞧它，曾經被筆亂塗過的痕跡已經洗刷，只留下淡淡的痕跡。

一旁被畫著：「娘炮」、「廚餘」、「廢物」等字眼。

這間教室看來並不是詛咒的起源地，她輕輕撫著桌椅的木紋路，能感受到一些能量，但並不多。

不過既然能夠在這裡沾染上怨念，說明這個靈體的力量很強，看樣子今天的時機不太對，這個靈體不但是具有意識的獨立個體，還可以將怨氣傳染給他人，這跟一般的亡靈不一樣。

光是站在他生前的長期待著的場所就讓她足以昏厥過去，但她不行，她要解決這個咒業。

「我絕對會討回一個公道。」她對著空氣說話。

宇彤知道那東西聽得見，她知道那東西感受得到她的意志跟憤怒，她要讓那東西知道，人類並沒有那麼脆弱，她會爲了好友討回公道。

自從父母離異後，她跟著母親住，自然也鮮少再與奶奶接觸了，但這種事情只能夠找奶奶商量跟協助。

這天，宇彤沒有去上課，她請了假，因爲奶奶住的位置比較偏僻，光是坐火車是到不了的，選擇平日在交通上也會好些，畢竟她還只是高中生，沒辦法用汽機車代步。

奶奶住在遠離都市的山上，雖說不是沒有人群，但不是一般人會經過的地方，所以她花了一天的時間，輾轉經過公車、接駁車、徒步，直到晚上才抵達。

「地址……」她拿著幾年前奶奶留下的信件，尋找著奶奶的住址。

然後她找到了，遠遠看見那個再熟悉不過的身影。

「奶奶？」她走上前輕輕觸碰對方的肩膀，「是妳吧？」

獨自在耕耘田地的白髮老人緩緩回過頭：「妳是，彤彤？」

會用彤彤稱呼她的，除了云熙外就只有奶奶了，奶奶雖比上次見到時更憔悴一些，但宇彤不會忘記的，那張臉、那個聲音。

「好久不見了，奶奶。」但她的招呼卻顯得如此陌生，「我有事情想問妳。」

「怎麼不是妳哥來呢？」奶奶放下手中的工具，摘下手套，「妳身上……跟我進房子，有什麼事都先喝杯熱茶再說。」

總是這樣，奶奶總是這樣不重視她，簡單的問候就可以聽得出來，奶奶更在乎哥哥，所以隨著她懂事以來，就不怎麼喜歡跟奶奶親近了。

宇彤隨便找了個椅子坐下，奶奶進廚房拿熱水，雖是簡陋的房屋，但卻有獨特的溫馨感。

「彤彤啊，妳哥最近怎麼樣了？」奶奶倒了杯茶，「妳又怎麼會來找我？」

「哥哥剛上大學，但爸爸那邊沒什麼消息，我們也只是用社群聯絡而已，平常沒太多交集，所以不清楚。」宇彤喝了口茶，滋潤喉嚨，「不說這個了，我有很重要的事情要問妳。」

「說吧。」奶奶打開了電視機，轉到新聞台，「妳會有什麼想問的，還跑到這種地方來，妳們年輕人不喜歡這種地方吧？」

「奶奶妳以前曾經是女巫吧？」

語畢，奶奶皺起了眉頭，並將電視聲音轉小：「妳說什麼？」

「奶奶，妳在我還小的時候教過我一些做法的流程，妳都忘了嗎？」宇彤放下水杯，「我現在需要妳重新教我一次，妳年輕時是幹這行的！」

奶奶聽完，長嘆一口氣：「原來如此，難怪從剛剛見到妳開始，總感覺到妳身上的負面能量，妳到底去了哪？」

「奶奶是知道的，那剛剛怎麼不說？」宇彤不喜歡謎語人。

「說了又怎樣，妳爸媽一向不喜歡怪力亂神的東西，我怎麼知道妳會不會喜歡。」奶奶站起身來拿起一根菸，「更何況讓妳遠離那種東西對妳也是好的，這東西太多妳不曉得的了。」

「那教我啊！」宇彤大聲說，「我好友失蹤了，妳必須幫幫我！」

「這件事恐怕我幫不了。」奶奶點了菸，「這東西的力量很強，不是我等能干涉得了。」

「這就是個詛咒！」宇彤不喜歡奶奶這般漫不經心的模樣，「如果是業力可以透過儀式的手段去除，妳以前都是這麼教的！」

「這不是詛咒！」

奶奶大聲反駁，宇彤不解：「唉？」

「我說了這不是詛咒。」奶奶冷靜地說，「含恨而死的人會誕生詛咒，這點妳記得不錯，但妳現在所接觸的這個靈體啊，祂是純粹的怨恨中誕生的，所以不是普通人有辦法解決的。」

「怨恨？」

「沒錯，人類最原始又強大的情緒之一，希望的反面，這個靈體就是在極強的怨恨中產生出來，是無法在輪迴中超生的，所以沒辦法將祂趕走。」奶奶嘆了口氣，「所以這已經遠遠不是普通的詛咒了，是恨意，我年輕時看過一些類似的例子，碰到的人幾乎都死了，所以奶奶勸妳放棄這件事，不要追查。」

聽著奶奶用很平穩的語氣說出很恐怖的事，宇彤不禁感到後怕，但她無法停止徹查這件事：「如果妳幫不了我，我就自己來。」

「妳會死的。」奶奶吸了口菸，「主動招惹就會引來殺身之禍。」

「我好友明明什麼都沒做！」是的，云熙明明是無辜的，「她卻失蹤了！」

「妳好友，她一定做了什麼，才會被那個靈體找上，她不可能是無辜的。」

宇彤被這句話激到了，於是她轉身就走，奶奶也沒有要挽留的意思，就這樣不歡而散。

回程的時間又過去很久，宇彤撐著眼皮，等回到房間後才去睡，媽媽已經去上班了，所以沒能見到，不知爲何有點遺憾，但她撐不下去，倒頭就睡了。

在夢中，她彷彿看見了云熙，云熙用很憐憫的眼神看著她，不像是她的作風，但夢境很短暫，宇彤沒能問些什麼，就醒過來了。

「居然說那種檢討被害者的話……」宇彤想起昨天奶奶的言論，不由得氣起來。

但這也加深她要解決事情的想法。

她拿出從奶奶家拿來的法器，是的，她趁著奶奶去準備茶水的時間偷走了這些東西，她本來就沒打算讓奶奶幫自己，能得到那些情報已經足夠了，但是她不會因爲鬼魂的形式不一樣就放棄，她要搏到最後，至少找出云熙失蹤的眞相。

有很多道具沒有錯，但她印象中眞正需要用到的僅有幾個。

「三天……」

宇彤在那之後的日子開始斷食，並每日以冷水澆身，念經，她記得一件事，要驅魔，自身絕對要清心寡欲，絕不能有任何私慾。

她下定決心，要與那怪東西一決死戰，三天後，不是你死就是我亡。

很快三天過去了，她換上了一身正式的服裝，以黑白爲基底，將頭髮綁起來，俐落的形象與她平日的淑女風不同。

她來到的是……白翊容的生前所居。

學校這個場所怨氣是很大，但若要從重下手，應該要從白翊容生前的居所動手。

一思及此，一股雞皮疙瘩從皮膚竄上心頭，她第一次眞正有能力要做到驅散惡靈這件事，爲了她的好友，爲了云熙，她必須要做到。

當天夜裡，她來到白翊容生前的公寓，這地方還是她從報導上看來的，可見媒體的對於受害者的隱私權是多麼薄弱，但現在不是想這個的時候了。

她緩步走上階梯，感覺了一股強大的氣壓，讓她難受得喘不過氣，耳朵嗡嗡作響，但這個感覺很熟悉，她現在已經確定是這個叫白翊容的亡者做的了。

公寓周遭安靜得駭人，彷彿沒有人居住似的。

宇彤帶上了開鎖的工具，她知道這是非法闖入，但現實容不得她思考那麼多。

終於，強忍著不適感，她來到了一所住處，門牌上寫著「白」，白是最純淨的顏色，理應不該和怨與恨糾纏在一起。

試探性扭了一下門把，竟發現門並沒有鎖。

打開大門，沒有奇怪的味道，也沒有大量的灰塵，只有被團團圍住的封鎖線，燈可以正常開關，一切遠沒有預期中的可怕，不像是葬送了兩條人命、家破人亡的地點。

背後的門自己緩緩關上了，宇彤沒有回頭，而是從包包裡拿出了器具開始擺放。

時間是黃昏時分，屬陰陽交接時，她將燈關掉，窗簾拉上，不讓外界與此處有任何交集，要將靈魂鎖在這裡。

她點燃一根蠟燭，並放置法輪、念珠、袈裟、缽、八吉祥、摩尼寶、法鼓、木魚、佛足石、轉經筒、金剛等，她開始自身在周圍畫一個圓，形成陣。

嘴裡唸道著經文，一刻都沒有停下來，集中精神、集中精神。

屋內響起了吱吱作響的聲音，聽起來像是麻繩吊著某種重物，她知道「那東西」在附近了。

她從沒用過自己的體質爲任何人做過什麼事，這回算是將功補過吧。

不管自翊容生前受過多少傷害，不管他有多少恨，他都沒有資格加害無辜，將痛苦加諸在他人身上。

「南無三滿哆。沒馱喃。唵。度嚕度嚕。地尾。薩婆訶。」

她閉著眼睛，一邊念著經文，一邊用左手在空中比劃著符文，感覺到空氣中的氣壓愈來愈強，但她沒有退縮。

周遭的器具都在劇烈晃動，靈體已經在干涉了，代表她成功將靈體引入這個空間之中，她要一鼓作氣解決掉。

她拿出一個由稻草填充的人形娃娃，以及一根木製細針：「唵，修哆唎，修哆唎，修摩唎，修摩唎，度嚕度嚕，薩婆訶。」

將中指和食指抵在人形娃娃的額頭上，加重力道，同時周圍器具搖晃的力道更大了，還傳來了一陣陣的慘叫聲，但她不能理會，她要專心做陣法，一個失神都會導致全盤皆輸。

時機已成熟，她感覺到右手的娃娃傳來的能量跟溫度，集中精神，她忍痛咬破自己的指頭，然後用自己的血，在娃娃的額頭上畫了一道符。

接著她用閉著的眼睛，僅靠感知，用細針精準地釘在了娃娃的額頭上，那娃娃竟流出了血。

她的做法很簡單，便是將靈體引入人形娃娃中，再行封印，接著將集中的靈體給打散，便可使靈體消失。

等待周遭逐漸安靜下來後，宇彤緩緩睜開雙眼，映入眼簾的是被移得亂七八糟得鎮壇，以及手中正流出鮮血的娃娃，她知道她成功了。

「哈……」她不禁大口喘著氣，汗如雨下。

這是一場硬戰，但是她成功了，沾染右手的鮮血即意味著靈體已遭到破壞，永久失去輪迴轉世，消散在這世間。

但是。

「不對，這個感覺是？」宇彤不知為何，心臟突然絞痛了一下，如今在她手中的這個靈魂，並不是她所熟知的那股能量。

既然如此，那到底是——

『想要知道嗎？』突然間，在宇彤的腦內響起了聲音，她從未聽過這聲音，自然也不會知道聲音的主人，但她很熟悉，她知道這是誰。

『妳想要知道到底發生什麼事了嗎？』那個聲音追問下去，宇彤忍著恐懼，點了點頭。

『那我就讓妳看看妳自己到底做了什麼吧。』

語畢，宇彤的視線開始扭曲變形，好似一面波浪鏡，等待恢復原狀後，她發現自己的右手懷抱著一個失去溫度的人，並且鮮血從那人的額頭上源源不絕地流出。

她的視線顫抖地往下看：「云……云熙……」

是的，在她懷中的屍體正是半個月前失蹤的伊云熙，是她一直想念的好友，如今她成了頭破血流又冰冷的屍體，而宇彤的左手正握著一把冰錐。

她嚇得雙手一攤，云熙的屍體被丟下，發出喀噹一聲：「不……我沒有……我沒有殺了云熙！」

同時，腦中傳來他的、白翊容的聲音：『被誤解的感受，妳現在應該稍微能體會了，從今天開始，妳就是殺了自己好友的殺人犯，妳將一輩子背負流言蜚語，並過著罪犯的人生。』

『就像妳那樣對待我一般，別人也同樣會這樣對待妳，妳就好好享受這樣的人生吧，正義的人。』

「不——！」

第六章 柏硯芯

那是距今兩年前的事情了，五神國中被詛咒的二年二班。

最初由於班級導師與同學們對於被霸凌的白翊容見死不救，導致白翊容最終受不了而在自家上吊自盡了，而在他過世的兩個星期後，班級導師也不堪壓力跳樓自盡，隔天更是傳出霸凌者馮克航弒父後畏罪同白翊容一樣上吊自盡，同晚班上還死了三個學生。

此事傳開後，更有人指出班級導師根本不是自盡，而是被白翊容的鬼魂索命的，那些同晚死去的學生們也是，否則怎麼會同時死去那麼多人呢？

那個二年二班發生了這麼多事，死了這麼多人，鬧得人盡皆知，即使請來法師做法也除不去謠言，最終校方決定從此廢除二班，將二班抹去，直接從一班跳到三班，原本的二班學生被轉到其它班上。

「被詛咒的二年二班」那間教室，現在被死死地鎖著，窗戶都貼滿了報紙一類的，整間教室被封得密不透風。

即使如此，還是時常傳出從那間教室傳來的說話聲、碰撞聲，好像那裡還有學生一樣，無奈之下，只能將二班隔壁的教室也停用，改成儲物間，不再讓學生在那附近上課了。

但謠言的可怕就在它的傳播性，依然遏止不住。

漸漸地，五神國中也快要面臨倒閉的風險了，因爲沒人敢待在這所學校，這也是理所當然的，網路上的資訊飛起。

「國中生不堪霸凌而上吊自盡，父親竟因抑鬱成疾而亡。」、「班導師因放任學生被霸凌致死而不堪壓力跳樓自盡。」、「國中生弒父後畏罪上吊自盡。」、「五神國中的二班三位學生竟在同一晚集體自殺。」，「這一切是否是死去的被霸凌者的復仇？」甚至還有「女高中生闖入凶宅殺害自己的好友」，而那處凶宅正是白翊容生前的居所。

更傳出那個弒父的國中生馮克航就是霸凌白翊容的主謀，而他的弟弟被他親戚的一對母女收留後，那對母女跟著也失蹤了，這更爲這樁事件添上了一些靈異色彩。

這些驚人聳動的新聞標題與後續發展，都被一個網站詳細地紀錄了下來，估計是一些靈異愛好者的傑作。

「被詛咒的二年二班」啊？這不禁激起了柏硯芯的興趣，她想要到那裡去探險一下。

反正那間學校的人也不多了，估計最快在今年就要倒閉了吧，得要在那之前去好好的冒險一下呢，倒閉之後就沒得玩了。

硯芯盯著電腦螢幕，沉迷在這個眞實發生的故事中了，網站的標題寫著，「懷著怨恨死去的亡魂，其力量不可小看。」

如果這一切都是眞的，那她倒想要看看已經死亡的人到底可以做到些什麼？

她慢慢滑著鼠標，把一個個相關的報導與文章都看完了，接著她看到了那個因霸凌而上吊自殺的男學生的相片，不知是銀幕的緣故還是別的，他的皮膚看起來很白，一副憂鬱又內向的模樣，看起來眞陰沉，相片下方就寫著「白翊容」三個字。

「這樣的人會被霸凌也是活該吧。」她淺淺一笑。

這種個性陰沉的人，看著眞是讓人感到不舒服，她想著，會被霸凌也是自找的吧？而且還用自殺來逃避問題，眞是好笑，自殺就能解決問題了嗎，應該說，這樣的人會跑去自殺也是理所當然的吧，一副死人的模樣。

這樣的人死後可以有何作爲？想想就覺得好笑。

此時，她一瞬間聽到了什麼奇怪的聲音……吱吱聲？

她環顧臥房四周，但是並沒有找到聲音的來源，應該是樓上鄰居在搬什麼東西吧，不需要在意。

總之這幾天她一定要到那所國中去探個險，等過幾天，她還要準備一些刺激的東西。

她按下關機鍵，伸了個懶腰，準備刷牙睡覺去，她走到廁所時好好地欣賞了下自己的美貌，撫著自己的長髮，那個白翊容在十四歲就結束了自己的生命，硯芯現在也是十四歲，可是她與他不同，她的美好人生正要開始，早早結束自己生命的人，眞不知道在想什麼。

「果然是會被霸凌的人呢。」她想起那張蒼白陰沉的臉。

同樣的年紀，截然不同的人生。

有的人在這樣生命正要萌芽的年齡死去了，而有的人卻可以好好的享受她正要開始的美好人生……是嗎？

硯芯開著小夜燈，躺在舒服的床上，深深地睡去了。

第二天一早，硯芯起床吃著媽媽煮的早餐，荷包蛋配火腿與沙拉。

「媽，蛋煎太熟了，我要半熟蛋，我不跟妳說過很多次了嗎！」硯芯極不耐煩地抱怨。

「抱歉，忘了……」媽媽唯唯諾諾地回應。

「下次不准再忘了！」硯芯邊吃邊抱怨著，「還有爸爸，我要多一點零用錢。」

「零用錢？」爸爸在餐桌另一頭，「這個月不是給過了嗎？」

「不夠用啦，我要去買東西。」硯芯用簡直像命令的口氣說道。

「好好好。」爸爸無奈地從皮夾拿出兩千塊，「拿去吧。」

「啊？」硯芯一臉嫌棄，「怎麼才兩千塊啊，我要買的東西又不只兩千塊，你應該懂吧？」

「唉……」爸爸也不想多說什麼了，再拿出了一千。

「這還差不多嘛！」硯芯拿到錢開心得不得了。

硯芯吃飽後又趕緊吩咐媽媽幫自己綁辮子，然後趕快載自己去上學，還在洗碗的媽媽用最快的速度洗完手，換套衣服就匆匆幫硯芯綁了條三股辮，帶著硯芯騎上摩托車到學校了，硯芯也趕緊跑進了學校內。

在離開媽媽的視線後，硯芯偷偷將制服的裙頭往上捲，直至短到幾乎風一吹就看得見內褲的程度，她就這樣邊玩著辮子邊跨大步地在走廊上走著，不免引來許多視線。她享受著這樣的感覺，被男生所愛戴，被女生所妒忌，但是他們即使這樣也不能拿硯心怎樣，因爲硯心根本不會理他們，她把自己當成高高在上的女王，根本不把同學們放在眼裡。

來到自己的教室，她把書包掛在椅子側邊，上面掛滿了昂貴的吊飾，她翹起腿來，玩著自己身上的耳環與項鍊，接著她看向隔壁座位的女同學。

「喂，如花，妳臉上的痘痘是在開派對嗎？」她嘲笑地說著。

此話一出，引來班上的笑聲，那位女同學頭低低的希望用頭髮蓋住自己的臉。

「幹嘛低頭呢？」硯芯倏地起身硬是拉起那位女同學的頭。

「不要這樣，求求妳！」那位女同學掙扎著。

「幹嘛啦如花，我又沒對妳怎樣。」硯芯嘲諷地說。

那位女同學掙脫了硯芯的手，往教室外跑去，硯芯見狀又換了一個目標：「喂！豬男，你要不要去安慰一下如花啊？」

硯芯的話又引來班上一陣哄笑，只見那位男同學羞恥地低著頭，不想多說什麼，也跟著往教室外走去了。

「喂，班長，有兩個同學早會溜走囉，不給他們一點警告嗎？」硯芯笑得很大聲很狂妄。

眞好玩，學校這種地方眞好玩，想要欺負別人眞是輕而易舉，想要讓別人拜倒在妳石榴裙下也輕而易舉，每個人都順著他人的皮毛摸，誰是得權者都十分顯而易見。

而硯芯，就永遠是那個高高在上的得權者。

只要那個如花跟豬男不要跟那個白翊容一樣，跑去自殺死後變成鬼來找她就好了，不過以他們來說，想要變成厲鬼難度可能有點大喔。

今天過得一如既往，調戲班上的男同學，羞辱那些醜八怪，每天都一樣，眞不夠意思，不過今晚她要去學校附近一間專門賣各種靈異道具的店。

放學後，她到那間店去，瀏覽著各式各樣五花八門的道具，還有一些用來嚇人的，例如鬼的面具、假手指，沾染上血的白衣洋裝之類的，她想著或許可以來嚇班上那些膽小鬼，就順手拿了一些，最後，她的目光停在了一組「碟仙」身上，這個東西拿去那裡玩一定很刺激！

她買下了一些嚇人道具與碟仙後就叫媽媽來載自己回家了。

她在臥房內戴上了那個鬼的面具，站在穿衣鏡前看，再穿上那件沾染上血的白衣洋裝，她頓時覺得當鬼其實也蠻好玩的嘛，還可以嚇人，要是她來當鬼一定很有趣。

接著她拿出了那組碟仙，只見紙上面一圈又一圈的文字，再加上一個白瓷做成的

碟子，看上去是有那麼一點感覺了，不過她覺得很生氣，就這樣也賣那麼貴？

「硯芯！」媽媽來敲門了，「晚飯準備好囉。」

「我在忙不要吵啦！」硯芯憤怒地吼道，「你們不會自己先吃喔，白癡！」

這下門外終於安靜了，硯心繼續研究起碟仙的用途，上面有附一張說明書，不過大致上只是警告意味較多，說操作不當會引來不好的邪靈，不可以一個人玩，也不可在陰氣重的地方玩。

然而硯芯並沒有放在眼裡，自顧自地將東西都放進書包，準備明天就來搞事情。

隔天一早，硯芯提早到了學校，把昨天買來的假手指，放進了隔壁座位的女同學的抽屜裡，她壓抑著興奮，等待那個如花的到來。

等到她來時，硯芯笑吟吟地跟她說：「早安啊。」

「早……早安。」女同學覺得有些奇怪，不過還是禮貌地回應了。

「妳今天感覺變漂亮了耶，以後可能不能叫妳如花，要叫妳一朵花了！」硯芯笑稱。

「是嗎……謝謝。」女同學看起來似乎很開心。

直到她要從抽屜裡拿書時，拿出來的書上有幾根人的手指與血液，她嚇得尖叫並把書丟了出去，而在她尖叫的同時硯心笑得不行，她指著女同學笑說：「喂！如花，妳也太好騙了吧？哈哈哈哈哈！」

「嗚……」被嚇得花容失色的女同學，蹲在座位旁啜泣，「妳爲什麼要這樣對我……」

「我眞沒想到妳會上當耶，如花！」硯芯笑得不能自己。

漸漸地引來了其它同學的視線，這時有個聲音說：「柏硯芯，妳不要太過分了，怎麼可以這樣霸凌同學呢？」

「霸凌？」硯芯往後一看，還以爲是誰呢，原來是那個豬男啊，「豬男，我看你可以跟如花送做堆喔，你們很配耶！」

「妳……！」男同學氣得很，卻又不知道該怎麼反擊。

硯芯見狀笑吟吟地坐回座位，學校眞是有趣，一堆人在那裡嘰嘰喳喳地討論著，卻又沒有一個人敢眞的出來幫忙，被欺負的不懂得爲自己反擊，所以是他們活該，硯心這樣想著。

很顯而易見，硯心是這裡的得權者，不管在家裡還是在學校，都沒人可以站在她頭上，甚至還有騎士團會擁護她，她只需要輕輕挑逗一下那些男生，就有人會挑出來自願幫她，被硯芯欺負的人根本沒有能力反制，而其它女生看到硯心這樣也只有吃醋忌妒的份而已。

這間學校還真是有趣。

好了，時間來到傍晚放學時分，硯芯要來辦正事了。

硯芯騎著腳踏車來到了離自己的學校並不遠的五神國中。她的書包裡可不只裝了那些嚇人的道具，她在不久前從網路買來了一件五神國中的制服，上面繡著什麼學號就不重要了，反正她在下車後，就到附近的便利商店換上了這件制服，再繞回來五神國中的大門前。

「果然很陰森呢。」硯芯看著已經斑駁的校名。

明明是放學時間，可是這附近幾乎沒有半個學生，她走向警衛室，發現裡面也沒有人，只有明明沒插著插頭卻在緩緩轉動的電風扇。

什麼嘛，這樣制服不是白買了嗎？她這樣想著。

接著她就自顧自地走進了校園，冷風颼來，夕陽的鋒利光芒將柏硯芯的影子拉長，如同高聳的死神般，應景了這被染成血紅色的天空。

她慢慢地走上樓，樓梯間都是她的腳步聲，一個學生或老師的影子都沒有，她終於開始覺得有些奇怪了，但這樣更好玩。

終於，她走到了那個傳說中的「被詛咒的二年二班」的教室前。

眞的就如同那個網站所說的，前後的門都被木板釘著，窗戶都被貼上了報紙或是考卷等等的，封得是密不透風，它側旁的教室也被停用，裡面都是櫃子，被當成儲物間了。

硯芯大膽地開始拆起了門上的木板，想說反正膠水也帶來了，到時候再黏回去就好，想不到這些木板只是輕輕一碰就掉了，彷彿在等著她來似的。

就這樣，硯芯進入了那個傳說中的二班，當年白翊容被霸凌的場所。

「哇……」她看著內部，彷彿還是當年一樣，都沒被移動過。

只是灰塵實在多得可以，硯芯才剛驚嘆完，立刻被灰塵嗆得咳個不停，又因爲已經傍晚了，視線十分昏暗，她邊掩著鼻子邊找尋當年白翊容的座位。

然後她看到了，那張被塗滿了塗鴉的桌子，那裡一定就是！

她上前去用紙巾將整個桌面與椅子擦拭了一番，然後坐上去，反正是買來一次性的制服，髒了回去丟了就行，她撥了一下自己的三股辮，垂放在背後，然後從書包裡拿出了碟仙的道具，把紙攤在桌上鋪好，再將碟子放在紙的正中心位置，一隻手指輕輕頂著蝶子。

「碟仙碟仙請出來，白翊容的鬼魂，如果你在的話請給我一個指示。」她看著自己輕觸著的碟子，毫無反應。

她開始有點不耐煩了，便拿出另一隻手來打了幾個響指：「喂！白翊容，我來這裡不是來耍呆的耶，你要是厲鬼就給我出現啊！」

然而響指的聲音在整個昏暗的教室裡迴盪著，她手中的碟子依然沒有反應。

她心想，會被欺負的傢伙果然沒有用。

然而就在此時，她碰著碟子那隻手的指端突然傳來像是被電到的麻感，接著周圍的桌椅開始自己震動了起來，揚起了大量的塵埃。

「怎麼回事……」她環顧四周，終於感覺到害怕。

當然，已經爲時已晚。

她手中的碟子開始「自轉」了起來，在她的手中旋轉著，她嚇得想將手縮回來，但她的手卻動不了，她的指端被磨得很痛。

「不要！」她尖叫道，「停下來！」

她終於感到害怕，害怕得從小腹傳來一陣陣寒意，就像快要失禁了那樣。

周圍的躁動愈來愈大，大到桌椅都要飛起來似的。

就在硯芯嚇得要昏過去時，忽然，一切都靜止了，手中的碟子也停止自轉。

她冷靜地觀察起周圍，在確認沒事後，再緩慢地將視線移往碟仙上，發現碟子上的箭頭正指向「死」字上。

可是……那個字並不在紙的中心點附近啊，碟子也沒往周圍動過，它只是在中央自轉而已，所以是……紙上的字自己變動了位置。

當她意識到這點的時候，她忽然聽見自己身後有什麼東西在接近自己。

此時的她已經來不及後悔了，她戰慄地回頭……在那裡……

「啊！」她從床上驚醒。

她看著書桌上的日曆與時鐘，是當天的早晨，她還沒從顫抖中緩過神來，方才的一切都是夢嗎？

她撫去額頭上的汗珠，來到了客廳，看著爸爸與媽媽，她才終於感到安心，緊接著忿怒地說：「我都快要遲到了，你們是怎樣，幹嘛不叫我！」

然而媽媽跟平時不同，她不以爲然地聳肩說，「叫妳做什麼？妳對這個家又沒有貢獻，只是個拖油瓶，被退學了我們也剛好輕鬆。」

「什麼……？」硯芯不敢相信自己聽到了什麼，「妳敢這樣對我說話？」

硯芯氣得要上前去找媽媽理論，然而這時喝著咖啡的爸爸起身檔住了她的去路並說：「妳的存在只是擠壓這個家的空間而已，給我出去。」

「你在說什麼！」硯芯破口大罵，「你敢！」

爸爸連回話都沒有，直接抓起硯芯的手，蠻橫地拖到門口，接著直接開門將她甩門外，將門大力關上。

「喂！」硯芯甚至還穿著睡衣，牙都沒刷，「給我開門，開門啊爸爸！」

她大力的敲門聲引來了附近鄰居，鄰居們跟往常不同，居然一個勁的瘋狂笑著她：「哈哈哈，被趕走的敗家女！」

「你們……」硯芯看著周圍同樓層的鄰居，想生氣但更多的是羞恥，「你們不要笑了！」

她尖叫著並閉上眼摀住耳朵，不要笑了不要笑了！她要離開這裡！

再次睜開眼睛時，她發現自己回到了那間教室。

「這是怎麼回事……」她的情緒與思考能力還沒來得及抽離。

然而現實並沒有給她太多時間思考，就在她的背後，有什麼東西正在接近著這裡，她感受得到，那東西正在逼進。

「妳在做什麼……」那東西發出了幽幽的聲音。

硯芯的身體不聽使喚地緩緩轉過頭去，只見一個側邊臉被壓扁的女人，四肢都扭曲成奇怪的模樣，骨頭也都從身體裡刺出來，全身流淌著鮮血，那副模樣彷彿她在幾分鐘前才墜樓死亡似的。

「啊啊啊啊！」硯芯撕破喉嚨地尖叫。

此時的她終於能動自己的身體了，她立刻逃出那間教室，一路往外沒命地奔跑著，然後那東西似乎還在跟著自己一樣，一直從背後傳來哀號聲，這使她更加快速地跑到校門口，好像她的腎上腺素被激活那樣快。

她終於跑出五神國中的大門了，然而此時已經是黑夜，路上也一個人都沒有，一台車也沒駛過，彷彿進到了一個無人的平行時空。

「怎麼會這樣……怎麼會這樣！」她看向四周，半個人都沒有！

「嗚……」從校園裡傳來一陣哀嚎聲。

她知道，那個東西要追出來了，於是她拼命地往她剛開始來的腳踏車擺的位置狂奔。

當她看見那台腳踏車還在原來的位置時，她鬆了一小口氣，她趕緊騎了上去，往回家的路上沒命地騎，直到她摔倒在路上失去意識爲止。

「柏硯芯！喂！柏硯芯！」一個個聲音傳來，硯芯緩緩睜開雙眼。

「喂！柏硯芯，妳不要太過分囉，這是什麼？」是隔壁桌的女同學，她捧著一堆假手指，審問似地問道。

「妳這個如花……敢這樣對我大小聲？」硯芯還沒從方才的事中緩神過來，又聽到這番話，當然氣得不行。

「喂！柏硯芯！」又一個聲音傳來，是那個豬男，「妳以為妳在這裡還是老大嗎？」

「什麼……？」硯芯抬頭看著那個男同學，此時她才注意到自己像條狗一樣趴在地上。

她極力地想起身，身體卻不聽使喚，硬是被自己壓在了地上，那個如花還有豬男，還有那些同學們一個個圍在硯芯身邊，一個個臉上都對她露出了她平時最喜歡用的嘲諷的笑臉，這讓她不爽到了極致。

「你們給我滾開！」她尖叫道，「這到底是怎麼回事！」

「喂！柏硯芯，妳不是很喜歡擺弄裙子嗎？」從背後一個聲音傳來，她被壓在地上無法回頭，「那我就幫妳弄到最短啊！」

接著她感覺到自己的裙子被整個掀了起來，接著是一陣嘲諷的笑聲：「你們看看，她穿粉紅色的內褲耶哈哈哈！」

「住手！」她快要崩潰了，「快點住手，不要笑了！」

然而周遭的笑聲絡繹不絕，更有人抬起她的臉說：「好漂亮的臉啊，真適合當成畫布呢。」

接著就有一雙雙的手拿著一支支的筆往她的臉上塗滿了各式各樣的圖案，還有人將她的耳環與項鍊扯了下來，她甚至無法移動她的臉，只能任由他們這樣胡作非爲。

「好美的秀髮啊，還可以綁成這樣的辮子，我也好想要硯芯妳這樣的辮子喔。」又一個聲音傳來。

「那還不簡單，把她的辮子剪下來就好了啊！」

「不！」硯芯惶恐地說，「不要這樣！住手！」

然而他們的手沒有閒著，餘音未落同學們就開始「動工」將她的辮子硬生生地剪掉了，她看著自己的長髮被他們搶來搶去，絕望與怨恨地昏厥而去。

當她再次醒來時，她發現自己倒在馬路中央。

她感覺到自己的腦袋一陣痛，於是去撫著後腦勺，忽然驚覺自己的長髮不見了，被變成了剪得一團亂的短髮。

這麼說……這些事並不是夢境？

她忍著全身的疼痛，緩緩地將自己的腳踏車扶好，不管怎麼樣她都一定得回家去，不能任由這些荒謬的事作亂。

然而此時，她低著頭看著自己穿著的五神國中的制服，發現……上面竟繡上了「白翊容」三個字，不可能的，剛買來的時候上面繡的不是這個名字啊！

忽然，她的腳下出現了一個黑洞，從裡面伸出了一雙雙蒼白的手，將硯芯整個人拖了下去。

「啊啊啊啊啊！」她尖叫著。

她被拖下去後映入眼簾的是一個明亮的世界，是一間教室，但不是她的教室，是……五神國中的二年二班。

「喂，白翊容。」她聞聲回頭，卻感覺到背後一陣刺痛，像是被筆扎了一下。

接著她回頭看見那個人，她瞪大雙眼，因為那是在那個網站上看到的，「國中生弒父後畏罪上吊自盡。」的那個馮克航，也就是聽說霸凌白翊容的始作俑者。

「妳看什麼看啊！」她感覺到自己的後背被腳踹了一下。

「好痛……」她不禁喊道，「我不是白翊容！」

她倏地站了起來，周圍的全部都是她認不得的學生，接著她聽見講台上傳來一個聲音：「翊容！上課時不要跟同學玩，坐下！」

她回頭看著出聲人，她更加害怕，那是她在那間「被詛咒的二年二班」裡見到過的，好像墜樓死去的女人，眼前的人簡直就是她還活著時的樣貌，硯芯想起了那則新聞，「班導師因放任學生被霸凌致死而不堪壓力跳樓自盡。」這就是白翊容的班導師？

「不……」她摀上雙眼，希望一切就此結束。

這一切都是他，都是白翊容在作祟嗎？

「怎麼樣？被霸凌的感覺怎麼樣？」在黑暗中，她聽見了他的聲音。

她挪開雙手，看見一片漆黑，只有眼前吊著一根綁成圈的麻繩，在那裡晃啊晃的，好像在吸引著她過去一樣。

「絕望吧？怨恨吧？想殺掉所有的人對吧？」

「妳想成為怨靈不是嗎？現在就可以達成妳的願望了。」

「去吧，感受一下成為我的存在是什麼感覺吧。」

那個亡靈「白翊容」一次又一次地傳遞聲音到她的腦海中，好似懲罰，好似詛咒，她覺得自己每口的呼吸都像氣喘般。

同時她也意識到自己逃離不了他的世界了，是的，她再也逃不掉了，她的腦海中跑過一幕幕回憶，每個回憶不外乎都是在欺凌他人中渡過，她這樣的人有什麼資格能夠被放過呢？

「沒錯，與其這樣痛苦地活著，不如變成跟我一樣的存在吧。」

「沒事的，妳可以在妳的世界繼續當妳的女王。」

「一個只有妳存在的世界，哈哈哈，自己當自己的女王，沒人會忤逆妳。」

「可憐的霸凌者啊，怎麼會淪落至此呢？」

那些聲音一次又一次，一次又一次地在硯芯的腦海中迴響，是啊，自己怎麼會淪落至此呢？

「我來了……我來了……」硯芯空洞地說著。

到底過去了多久時間呢？一天？兩天？一個星期？

只聽見那個東西的聲音源源不絕地傳遞到硯芯腦海裡，最後，硯芯就像是自願似的，拉下了那根麻繩，套到了自己的脖子上，麻繩緩緩升高，硯芯的雙腳也逐漸遠離地面。

她帶著絕望與怨恨，與巨大的痛苦離開了人世間。

「她的美好人生正要開始，早早結束自己生命的人，真不知道在想什麼。」這句話，不曉得是誰說的呢。

過幾天，那個網站更新了，一個別校的少女避開管理員，翻過五神國中的圍欄進入校區，帶著事先準備好的工具與麻繩，闖入那個「被詛咒的二年二班」上吊自盡。

傳聞在她喪命後不久，她生前常出沒的地區開始傳出有人看到她的亡魂的事件。

更爲這樁兩年前就該完結的事件，增添了一些靈異色彩，那個少女究竟爲何要選擇到那個地點去自盡呢？爲何在她喪命後不久就傳出看到她的亡魂的事件呢？

難道她和當年的白翊容一樣，成爲了帶著怨恨死去的亡魂嗎？這恐怕會是個永遠的謎團。

第七章 馮克寧

人的感受是無法被比較、無法被量化的，每個人的生長環境及人格特徵都不同，每個人都是獨立的個體。

是的，人可以沒來由地認爲自己是「自己是世界上最痛苦的人」。即便他沒有得到不治之症、即便他沒有受到過非人道的虐待、即便他未曾遭受過令身體受損的意外、即便他沒有遭到同儕的排擠、即便他從做過壓力山大的工作、即便他從來不用擔心下一餐的著落、即便他從未感受過戰爭的殘酷，即便他沒有失去過家人。

他依然可以認定自己是最不幸的那個人。

並且沒有人有資格反駁他，主觀的感受，沒有人有權利去質疑他的感知、他的感受，任何人都應該有這個權利。

相反的，人可以無理地認爲自己是「自己是世界上最幸福的人」。

即使他從未住過高級飯店、即使他未曾到外地旅遊過、即使他從來沒坐過頭等艙、即使他家並不是大別墅、即使他的家人從不關心他、即使他的開銷只夠他三餐吃泡麵、即使他沒有進過貴賓室、即使他英文根本一竅不通，即使他從來就沒有吃過什麼像樣的美食。

他依然可以認定自己是最幸福的那個人。

同樣的，沒有人可以懷疑他，他的幸福由他自己定義，他的認知就是事實，沒人可以質疑這個事實。

有人這輩子沒有吃過巧克力就死去了，但他是不幸的嗎？

或許在他的認知裡，並不知道有巧克力這種存在，那麼在他世界、在他的觀念裡，有沒有巧克力都無所謂，那他還不幸嗎？

有人生活物資優渥，卻迫於環境，無法穿上自己喜歡的小裙子，那他算是幸福嗎？

因爲他的認知裡已經有審美觀了，卻無法做自己，即便生活條件再好，那也能夠算是幸福嗎？

克寧在失蹤了近一個月後，終於在一處偏僻的廢棄公園被發現。

大家都說克寧多麼可憐，哥哥殺了爸爸後自殺、表姐被好友殺害，兇手被關進精神病院，而克寧也已經沒有其他親戚可以照顧他了，只能暫時安置在兒福機構。

克寧在這段期間沒有進食、失溫，卻奇蹟般地活下來了，大家都說是上天的奇蹟。

奇蹟？

世界上有多少人每天向著上天祈禱，直至餓死？

又有多少成千上萬的家庭向上天祈禱，乞求上天能夠拯救他們的家人戰勝疾病、脫離疾苦？

然而就在這千個、萬個人之中，有個人僥倖戰勝一切、逃離苦難，那麼，所謂的「上天的奇蹟」就這樣出現了。

說到底，不過就是倖存者偏差，卻能夠被講成是上帝賜予的禮物。

要是真有一個上帝，克寧他很想見見，見見這個似乎嘲笑著每一位不配享受他的奇蹟的痛苦的人的神明。

太累了。

這短短十二年的人生裡，他經歷了太多太多，從小失去了母親，長大後每日遭到哥哥的家暴，之後哥哥將爸爸給殺害了，而後自殺，獨留他一人，全程他都目睹了，在他心中烙下無數個抹不去的傷疤。

之後來到表姐家，他知道，他身上跟了奇怪的東西，這是報應，就是報應。

沒有意外的，一切都在預料之中，姑姑失蹤了，表姐被她的好友殺了，兇手葛宇彤不斷喊著是鬼做的，因此被關進了精神病院，每日被束縛著。

然而沒有人知道她說的是眞的。

因爲那個靈體直到現在還跟在克寧身邊，只因爲他是馮克航的弟弟，近親者自然不會被放過。

實際上，長期的肢體暴力與心理壓力早已將克寧的精神給壓垮了，要是他不曾來到過這個世界，那該有多好？

來到頂樓，眺瞰著遠處，螻蟻般渺小的人類，積木似的建築物，圓弧形的地平線，一切看起來都如此遙遠卻又如此接近。

張開雙臂，克寧向著自由的地面墜去，他最後看見的景象，是那個熟悉的臉龐。

第八章 白翊容

即便是死後的現在，我仍無法忘懷我死亡的那天，死去的那刻。

在我吊上去的那刻並沒有半分猶豫，我也沒有選擇的權利了，我只希望我的死亡能夠帶來不一樣的改變，能夠讓那些人知道自己哪裡錯了，我要讓他們永遠記得他們「親手」殺了一位同學，一個人。

在我死亡後，我既沒有上天堂，也沒有下地獄，沒有輪回，有的只是我靜靜地看著我的屍體隨著方才的痛苦掙扎而左右晃動著，支撐著我的那根痲繩也隨之發出吱……吱……的聲音。

我……死了？

是的，毫無疑問，我已經成了一具冰冷的遺體，再也無法入睡、吃飯，走路了，無法再感受到這世界的一切，我看著我的遺體，那是多麼殘忍的一件事啊？

我就這樣看著自己的屍體，直到他不再晃動了爲止，我看著自己遺體的頭逐漸變得腫脹、發黑，五官都要被擠壓出來似的，那一刻我開始感覺到害怕。

害怕？我這已死之人也能夠害怕起來？

我根本沒有想到死亡之後我的靈魂與意識居然還能保持著原樣，我根本沒料到我會看到這樣的畫面，帶著無法回頭的絕望，我殺了我自己，但死亡後的世界比我想得更加殘酷。

爲何我還在這裡……？

死亡就是這麼一回事，從前覺得遙遠的事，現在已經降臨到我身上了。

就這樣過了好幾個小時，我的爸爸似乎察覺到不對勁，不斷地敲我的房門，當然，他再也得不到我的任何回應了。

在我爸爸破門而入的那刻，我後悔了，我好後悔。

他衝上前抱下我的屍體，明明是一副死亡已久的可怕模樣了，但爸爸卻還是不停地搖著我的屍體，叫喚著我的名字，不知道叫了多久時間，直到最後他似乎接受了事實，將我的屍體抱在懷中，放聲痛哭，我從未見過爸爸如此傷心欲絕。

他抱著我的屍體抱了好久好久。

「爸爸……」我上前去碰了一下爸爸的肩膀。

而爸爸似乎感受到了一樣，回頭看著我。

「我在你面前啊……爸爸……」現在的我甚至連哭出來都做不到。

爸爸似乎看著我，但當然不可能，現在的我已經死了，無法再被人看見了，絕望的爸爸終於撥了電話，隨後我的屍體就被送往醫院進行屍檢了，我死亡的消息也隨之公佈。

那是我死亡的當天，我直至現在都記得非常清楚。

我並沒有想到，死亡沒有解脫，它只是我另一場悲劇的開端。

從小，他便沒有媽媽的陪伴，他甚至不記得媽媽長什麼模樣，喜歡穿什麼衣服，頭髮長不長？

父母早婚，一生下他，兩人便經常爲了他起爭執，最後，父母離婚，他交由爸爸撫養，據說是媽媽主動放棄扶養權的。

是啊，他就這樣的一個，連親生媽媽都要棄他而去的人。

白翊容從小就只由爸爸撫養長大，可想而知，爸爸爲了邊工作邊撫養他，能夠陪伴在他身邊的時間少之又少，他經常想著，爸爸是不是其實也將自己視爲累贅呢？是不是常常在想，要是沒了這個孩子，我的人生就不用這麼辛苦了呢？

但是爸爸不是那種人，他很清楚，但他無法將這個想法拋諸腦後。

從以前到現在，他都是一個人走過來的，他由於這些想法，總覺得別人一定會不要自己，於是他從不特別去花時間交朋友，因爲他們也一定會拋棄自己的。

但這並不代表他是個冷酷的人，每每只要見到同學受了傷，或是難過，他一定會立刻上前關心。

因爲他不想再讓別人成爲第二個他了。

是的，自己受了苦無所謂，但是不能讓他人變得和自己一個樣，因爲他很清楚，那樣太難受了。

受到委屈時，沒有家人的關愛，受傷時，只能自己包紮，肚子餓了時，只能自己去找東西來吃，爸爸因工作無法回家時，他只能被寄託在老師家裡住，這樣的生活太難受了。

但他無法埋怨起爸爸，因爲他知道要不是自己，爸爸也不用這麼辛苦，沒有他的關愛也沒關係，自己消化掉情緒就好。

即使他會這樣關心同學，同學們也只是將他視作一個奇怪的人而已，畢竟平時不怎麼靠近你的人，在你受傷時突然跑來關心，是誰難免都會覺得奇怪的吧？

但他並不放在心上，他做到他能做到的就很開心了。

除此之外，翊容也常常在沒人的時候跑到家附近的巷子裡，去那裡摸一摸流浪的貓狗，因爲牠們和自己一樣，都是「被拋棄的孩子」呢。

被誰拋棄呢？

被家人嗎？或許不是，或許是被這個世界給拋棄了也不一定，命運的不公平，翊容從小便一清二楚。

每當翊容放學一個人慢慢走出校園時，他看著身旁同年紀的小朋友們都有父母親的接送，他就好羨慕。

羨慕？還是忌妒？

他自己也不清楚，他只知道他好想跟那些小朋友一樣，不一定要是父母，只是希望有個眞的可以時常陪伴在他身邊人罷了，只要不要再孤單一個人就好了。

只是這樣想的他也沒眞的去做出什麼改變，他還是一樣不怎麼跟同儕相處，又或是被拋棄的他，不懂得怎麼跟「幸福」的人相處吧？

直到他上了國中的那天開始，情況有些不同了。

我看著我死亡後的日子裡，爸爸整天飲酒度日。看得我好心痛，好後悔，雖然兒時的我時常埋怨爸爸，甚至是忌妒起來其它小朋友來，可是爸爸確實是爲了好好將我扶養長大，才會那麼辛苦，才會整天都不在我身旁。

而我現在卻自殺了，他一直已來努力扶養著、用心呵護著的兒子就這樣離開了人世間，他還親眼目睹了那一幕，這對他而言是多大的打擊？

爲什麼……

這是上天對我的懲罰嗎？要我這樣看著自己的爸爸墮落，要我爲我自己的行爲付出代價嗎？

那麼就懲罰我一人就好，不要將我的爸爸拖下水。

我在心裡一次又一次第祈禱著，即便我是已死的亡魂，我還是不斷地向著上天祈禱，祈禱我的爸爸能夠趕緊恢復振作起來，不要爲了……我這麼一個殺了自己的人而自我墮落，祈禱他趕緊走出傷痛。

然而，神明似乎沒有聽見我的祈禱。

爸爸仍是整天將自己灌得醉醺醺的，每天都喝到自己昏倒爲止。

直到……爸爸因酒精中毒而過世……

爲什麼……爲什麼……？

我不明白，上天爲何要如此對待我們？

爸爸過世的那一刻，我就守在他的身旁，不像當初的我，我並沒有看見爸爸的靈魂出現，但我能夠感知到爸爸過世的氣息。

爲什麼你要爲了我這樣的人一起死了呢，爸爸？

我的心中充斥著懊悔、絕望、悲傷，與憤怒。

是的，對我的人生，對那些傷害我的人，對這世上所有的一切都憎恨起來，對於這世界毫無道理的一切都無比憎恨，彷彿有一把無名火在我心中燃燒著。

死後的我沒有見到爸爸，我所處的空間沒有爸爸的蹤影，那麼爸爸肯定是上天堂或是投胎去了吧。

那麼現在的我，又是處在何方呢？

爸爸肯定是懷著滿滿的自責與懊悔去世的，那麼我呢？

我的空間裡，不只看不見爸爸，也看不見其它的亡魂，在那一刻，我似乎了解到了什麼。

他從沒想過，進到五神國中，會成爲他人生的終點。

他本想像往常一樣，不用特地去交朋友，安安靜靜地度日就好，一路以來他都是這麼走過來的。

可是，才開學沒多久，他就意識到了這裡的環境和國小時大不相同。

當他看見李長庭被馮克航那些人欺負時，他還是抑止不住心中那個幫助同學，關心同學的念頭，他無法坐視不管，他知道長庭現在的心情一定不好受，而且他覺得長庭和這樣的自己很像，蒼白的皮膚，陰柔的特質。

才剛開學沒多久，長庭就這樣被對待，他實在於心不忍，於是翊容每次放學時都會去關心一下長庭。

「你還好嗎，今天？」翊容每天都會這樣問。

「沒事的……」而長庭的回答也總是一樣。

因爲長庭這個人就算受到了什麼欺負，也不會宣之於口，在馮克航在群人如此戲弄他時，他也幾乎沒什麼特別大的反應。

「今晚要不要來我家陪陪我？」趁馮克航那些人放學走掉時，翊容跑來問道。

「咦……？」長庭有些訝異。

「因爲我每次都一個人在家嘛，如果在學校不好受的話，你可以來我這裡找訴苦啊，不用一個人憋著。」翊容的語調十分溫柔。

「你家沒有人在嗎……？」長庭有些疑惑地問道。

「我只有一個爸爸，而他幾乎都不會在家裡，所以你不用擔心，你跟我一樣，都不喜歡跟人打招呼對吧？」翊容很快就看穿長庭在想什麼了。

「我也是……」長庭支嗚地說著，「雖然我父母都在，但是他們爲了工作應酬，總是早出晚歸，平常的時候根本都不在家裡……」

原來長庭和自己是如此的相似，翊容頓時覺得自己好像找到了另一個自己一樣，同時他也決定一定不要讓長庭再受到逢克航那些人的傷害。

所以在後來的幾天裡，翊容就偶爾都會邀請長庭來家裡坐坐，把他平時在學校的不滿都宣洩出來，長庭其實一直以來都默默累積著許多壓力，這天他一把倒在了翊容的懷裡哭訴。

而翊容也在他們碰觸的那瞬間，感受到了什麼不一樣的情緒，讓翊容下定決心。

「長庭。」他將長庭抱在懷裡，「我以後再也不會讓你受到欺負了。」

「咦？」長庭坐起身來，「什麼意思？」

「你不用管。」翊容說著，「你什麼不用管，我自有辦法。」

然而，令現在的翊容沒有想到的是，他所要做的事情，將會害得自己走上了絕路。

我原以爲，我的死亡能帶給那些人一點打擊。

然而令我沒想到的是，馮克航那些人竟然一點懊悔，一點點的罪惡感都沒有，現在的我能夠感受到他們的任何一點情緒，他們只是在抱怨著少了我這個可以玩弄的對象了。

就連我爸爸的死亡，也沒能夠帶給他們一些些的害怕，一些些的罪孽感，甚至被馮克航拿來當成他的笑柄。

在那時候，我了解到了，你的死亡只是他的笑話罷了，在你等著跳下樓時，他們只會在下面看好戲，原來這就是所謂的人性嗎？爲什麼我一直到了死後才明白呢？

我感受到，在我心中的那把火燒得愈來愈激烈，我怨恨著他們，怨恨著這世界上所有不公平的一切，他們殺了我，殺了我的爸爸，我要讓他們知道，這麼做的後果是什麼，我要讓他們知道，該死去的人不應該只有我。

我所在的空間沒有其它的亡魂，或者是說，我可以看見那些同樣徘徊著的亡魂，但他們卻看不見我。

我明白了，像我這樣帶著絕望與恨意，或者是有目的性死去的亡魂，都會像我這樣在人世間流浪著。

爸爸是抑鬱成疾而死去的，恐怕已經去投胎或是去了別的地方了，總之和我不處在同一個空間裡，就連死後我都再也見不到爸爸了。

就此，我自殺後所造成的第二次悔恨，加深了我的絕望與恨意，我漸漸意識到我所能夠施展的範圍有多大，我可以隨意地操弄著一切，那時我終於明白，我的力量非比尋常。

如果是這樣的我……

是的，如果是這樣的我，就能夠輕易地制裁那些人了。

怨恨愈深，力量愈強，就是這樣的概念，既然上天無法懲治那些惡人，那麼就由我，我親手來解決這一切。

所以我開始了行動。

現在我所要做的事情只有一件。

對於這毫無道理的一切，我只能夠這麼做，我想要、我需要，我必須這麼做，而且我有絕對的能力與權利可以做到。

當我醒悟時，身旁的亡靈就像感受到了什麼極度恐怖的東西似的，一個個消失得無影無蹤。

極度恐怖……？

沒錯，現在的我極度恐怖，從前是人爲刀俎 我爲魚肉，但從此刻起，不再是了，永遠不再是了。

該死去的人不應該只有我，該死去的人不應該只有我，該死去的人不應該只有我，該死去的人不應該只有我，該死去的人不應該只有我。

從現在起，我要讓他們一個個感受到「死亡」。

翊容嘗試在聯絡簿的日記上寫著長庭被馮克航那些人欺負的事情，可是過了兩三天，班導師都沒有做出任何反應。

他知道，他們的班導師是剛上任的，所以可能也不知道該如何處理這件事。

可是他還是得繼續嘗試，爲了幫助同學，爲了幫助長庭脫離苦難。

上學時間他想靠近長庭時，長庭都會有意無意地避開，只有放學時間等那些人走了以後他才願意跟翊容有所互動，恐怕是不希望翊容被牽扯進來吧，這樣的人，翊容有何理由不幫他呢？

可是即使如此馮克航似乎也注意到了，翊容在幫助長庭的事情。

「喂！」那天下午，馮克航找來翊容問話，「你跟那傢伙在搞什麼？」

「你在說什麼？」翊容回擊，「你們這樣明目張膽地欺負同學，誰都會看不下去的。」

「喔？」馮克航笑道，「可是你有看見班上的誰出手幫忙過了嗎？」

「沒有人幫，那就由我來。」翊容怒視著他。

「我要警告你，有些事你最好不要插手。」馮克航冷冷地說，「不然後果自己負責。」

說完馮克航就笑吟吟地拍了拍翊容的臉頰，翊容立刻甩開他的手，馮克航總是喜歡用這種方式羞辱人，讓他感到很不舒服。

翊容心想，反正馮克航也不會知道他在日記上面寫了些什麼，他不會知道這件事的，那就用不著擔心。

只是事態的發展並不如翊容預期的那樣，他作夢都不會想到，班導師居然會當著全班同學的面說是他告的狀，還說要大家多學學他，這讓翊容詫異，一個班導怎麼會做這種事呢？

他只聽見做在他身後的馮克航，爲了回應班導訓斥的話，心不甘情不願地回了聲：「好」

等班導一走出教室，翊容的衣領立刻被往後扯，勒著他的脖子，馮克航憤恨不平地說：「果然是你告的狀，我告訴你，你不要把我當成病貓，你看我之後怎麼收拾你。」

「是你先欺負同學的，什麼叫做你是病貓？」翊容奮力甩開他的手。

「還以爲你是個安靜的人，想不到是個告密鬼啊？」坐在左側的瑋瑋笑著說。

「是啊，看來我們以後有新的人可以玩了」這次換坐在右側的阿峰說道。

他的前後左右坐的全是馮克航的人，如果以後他們要把目標轉到翊容身上的話，那翊容往後的日子一定會不好過的，但是翊容並不後悔，雖然班導的做法大錯特錯，但疑心病那麼重的馮克航遲早也會猜到是他私下告狀的，他決定要幫助長庭時就不後悔了。

只是他沒有想過，馮克航那群人會愈做愈過分，如果只是普通的偷走課本或是在抽屜裡亂放東西，那翊容還能接受，可是他們不是。

就連上課時間，馮克航也敢在那裡拿著筆刺他的背，伸出腳來用鞋子磨他的制服。

「老師！」翊容站起來反抗，「馮克航他一直在上課時弄我。」

可是老師們的反應全都是：「你們兩個就不要在上課時間玩了，專心一點。」

怎麼會？

老師們的處理態度怎麼能如此消極？看到學生被欺負了居然不是懲罰那個加害者，而是叫他們「不要玩了」，這看起來像是在玩嗎？翊容十分錯愕。

後來的翊容明白了，老師們只是懶得處理同學之間的關係，他們只是怕麻煩，所以根本不想管，這讓翊容失望透頂。

就連自己的班導也是，告訴他：「你們只是還不知道怎麼跟班上的同學相處而已，你也要外向一點，趁現在多學學，這樣以後在人際關係上才不會吃虧，知道嗎？」

什麼叫做「你也要外向一點」，這樣不就是在檢討害者嗎？

班導甚至說：「可憐之人必有可恨之處，你也要想想看自己爲什麼會招來同學的不滿，一個巴掌是拍不響的。」

可憐之人必有可恨之處……？

從他出生到現在，他哪裡做過一件可恨之事了？

那些出生就被拋掐死的孩子、那些生下來就有殘疾的孩子、那些不到三歲就被家暴的孩子，那些人，他們可恨的點在哪裡？

就算是在班上好了，為了幫助同學不被欺負，難道這樣也要被稱做是可恨之事嗎？眞正可恨的難道不是將私下幫助同學而告狀的人公佈出來的班導師妳嗎？

即使翊容在心底失望、難過，痛苦的快喘不過去來，可他還是看在班導是新任的而選擇「原諒」班導。

也是因爲，他本以爲馮克航的手段也就那些，消極地覺得算了。

但他沒有想到，馮克航竟然會做得如此超過，叫他們在翊容的桌子上亂畫塗鴉、在他的抽屜裡放不知從哪裡抓來的昆蟲的屍體，偷偷拿走他的作業在上面亂改，而反應給老師們知道，老師們的態度依然消極，不願出手相助。

最令他感到失望的是，班上的同學們一個個看在眼裡，卻無人像當初的他一樣出手相助，就連他被馮克航、瑋瑋，阿峰等人強行抓去掃具櫃關著時，也沒有人出過一次聲音。

怎麼可以這樣……？

就連長庭，就連長庭也漸漸地與他疏遠。

爲什麼……？

而他每日，每天的學校生活都成了這樣，不是被這個就是被那個，希望班導幫忙換個座位或是號碼她都不願意，他每每升旗、排隊，班上的座位，都要和馮克航一起。

而每次和他一起，他總是會想辦法騷擾翊容，掐他的肉害他扭一下被主任訓斥、打一下她的膝蓋後方害他跌下去被同學笑，拉他的褲子害他總要提心吊膽。

可是無論他怎麼做，馮克航都不會停止這種霸凌行爲。

有幾次他忍受不了想出手打馮克航，可是他的力氣遠遠小於馮克航，既打不贏又讓馮克航得寸進尺，叫來了那幾個男生一起打他，那天他全身傷痕累累的，而身邊的同學照樣一個都沒出手相助，甚至有人拿起手機來錄影。

「怎麼樣啊，小孬孬」馮克航那嘲諷的語氣，翊容永遠忘不了。

「哈哈哈哈哈」周圍甚至傳來了笑聲，聽得翊容心底發涼。

而班導師發現了以後雖然立即制止了，可是卻還是沒有給馮克航那些人懲罰，她只認爲我們「玩」得太超過而已，無論翊容怎麼說，班導就是聽不進去。

而他身上的瘀青，回家後爲了不讓爸爸擔心，只好說成是自己跌倒的。

爸爸雖然有些懷疑，但也還是相信了，他不想看到爸爸難過的表情。

而這樣的日子久了，翊容發覺，馮克航這個人其實很可憐，令人厭惡的可憐，他找不到一個可以發洩的出口，就一個勁的往翊容身上潑。

所以他那天說了：「你眞可憐，只能這樣來尋得快樂。」

於是發生了那件事。

我發現，我可以任意地「看見」時間。

是的，我可以看見過去與未來，我看見過去的我被那些人押進廁所的畫面，那是我最想遺忘的回憶之一，在我在他們幾個掙扎著押過去時，路過的同學竟然沒一個出來阻止。

然後馮克航高高地舉起了他那裝滿馬桶水的水桶，往我頭上灌下，那種恥辱我到現在都忘不了。

更令我失望、更令我難過，更令我憤恨的是，班導輕而易舉地放過他們，她所做得一切都太過分了，可惡的程度根本不比馮克那些人差。

她本可以阻止這一切的，她本可以讓我的悲劇不會發生的，可是她卻選擇維護自己的名譽，還有她那偏差的價值觀，我忘不了她要我與馮克航互相道歉的那刻。

那刻，我眞希望她去死。

是的，這樣的我也有著這樣的想法，她這樣縱然著霸凌發生，縱然著自己的學生受到委屈，連換座位這種事她都不願意去做。

我不明白，她爲何還可以在放假時想著要去哪裡遊玩。

她身爲班導師的那顆心呢？何在？

我不能容許這樣的人繼續荼毒未來的學生，那時的我眞希望自己能夠做點什麼，可惜那時的我太笨、太軟弱。

現在的我可以想到錄影蒐證交由媒體或教育部等等的行爲來壓制那些人與班導，可是那時的我只會拙劣的服軟，班導一個眼神我就心軟。

殊不知，她從來都只在乎她自己。

死後的我可以看見時間。

更令我訝異的是，我可以對時空進行干涉，就好像修改漫畫那樣，我可以任意地改變時空，我不知道這股強大的力量是怎麼來的，雖然無法扭轉我已死亡的結局，但我知道我可以做一件事。

那個可恨的邱嘉欣導師，我不想那麼快的解決掉她，我想要從很久以前就慢慢折磨她。

於是我提前讓她聽見了自己死亡時的聲音，那就像個詛咒一樣，因爲我確實會在不久後的將來親手將她殺掉。

在我死亡後，我操弄了她的心靈，她最在乎的名譽問題隨著我的死亡也變得一無所有，我讓她夜不能寐，我讓她日日夜夜聽見自己死亡的聲音。

她就像個人偶似的任我擺布，她不知道，她的所有行爲都在我的操弄之下。

最後，我殺了她，並且讓她背上了放任學生被霸凌致死而不堪壓力跳樓自盡的罪名。

並且在她被我殺死了以後，我還讓她的亡魂來幫了我一個忙。

從那次事件過後，基本上大家都知道翊容被霸凌的事了。

可是，雖然事情是鬧大了，卻還是沒有一個人他向伸出援手，翊容看開了，原來大家都是如此冷血，即便看見一個人受到這樣大的屈辱，也不願出手相救。

而且，從那天之後，馮克航的行爲愈來愈過火，好好吃個午餐，馮克航經過時就會往他的飯盒裡吐口水，每天來到教室時，他的桌子就會出現一些奇怪的塗鴉，他當值日生時，他們就會把他掃好的垃圾全部倒出來，讓他被罵，而且無論他怎麼說，老師們就是不相信他。

「眞的不是我，是馮克航他們把我掃好的垃圾倒出來的。」

「你是値日生，就應該負起責任，如果你有好好做的話，又怎麼會讓他們有可乘之機呢？自己反省一下自己吧。」他每次都會得到這樣檢討被害者的言論。

即使如此，翊容還是不想向馮克航低頭，馮克航的行爲依然做得超過，他會將翊容的書本丟進垃圾桶，他會在女同學經過時故意將翊容推去撞她們，導致翊容被說是色狼，不要臉等等的。

「不是我做的！」翊容想反駁，「是馮克航推我的！」

「誰管你啊」那些女生這樣說，「誰管是誰推你的，反正撞到我們的人是你，你就給我們滾遠一點！」

所以……她們明知是馮克航做的，卻還要怪到他頭上……

此時他明白了，班上的得權者是誰，大家就會順著他的風向走，難道這就是國中生的心態嗎？

一定是的，在後來的日子裡，馮克航都敢在上課時拔他的頭髮、踹他的背，用筆捅他的脖子，或是跟阿峰和瑋瑋一起強行脫他的褲子害他被笑，拿水往他褲襠潑讓大家笑他尿褲子。

這導致他每節下課都要逃離教室，免得他們又要對他怎樣。

可是要是他下課逃離了教室，他的書本就會不見，桌子就會被亂塗，但他要是不逃離教室，又會被那群人玩弄，不管他怎麼做，馮克航那些人就是不肯放過他。

就連班上的同學們也漸漸地刻意忽視他、排擠他，欺負他。

現在班上隨便一個人都可以對他大小聲，明明可以好好說聲借過，可是他們對翊容卻是大吼：「滾開！」

他們對其它人都不會這樣，唯獨翊容，好像他成了全班的出氣桶似的。

那種在班上沒有立足之地的痛苦，有誰能懂？

每一位老師，每一位師長都沒有人要出手相救，應該說，就算有也被自己的班導給檔下來了，他孤立無援。

他最害怕的不是學校，而是回到家後要怎麼裝得一副甚麼事都沒有的樣子，因為不想讓爸爸擔心。

但爸爸自從那次廁所事件後，好像就在懷疑了，只是他也相信了班導所說的：「只是他們同學間的打鬧，而且一個巴掌拍不響，翊容如果不想一起玩，同學又怎麼會理他呢？」

是的，他相信了。

但是這樣也好，他不想再讓爸爸承受其它多餘的壓力了，他一個人將他扶養長大已經夠累了，實在別再讓他爲了自己學校的事擔心了。

所以，即使他知道自己去學校又要受到霸凌，但他從不請假，從不缺席。

他本想就這樣好好過完國中生涯就好。

這天，他照著往常的路線走回家，但是卻在路上碰到了一群人，將他圍住，他本來想說是不是什麼流氓要找他要錢之類的。

「你們……」翊容戰慄地問道，「你們想做什麼？」

「我們沒有要做什麼。」其中一個高大的男生他手中的指虎，「只是要提醒你，做好不要再把事情鬧大，否則我手中的指虎可是不長眼的。」

此時翊容明白，他們是馮克航派來的人。

曾經，我也相信著有神的存在，我也有著信仰。

只是在死去後的現在，似乎一切都顛倒過來了，我也曾向神明許過願，我的願望很簡單，就只是希望不再被同學們那樣對待。

這樣的願望會太過份嗎……？

其實，從那次廁所事件後，我就看開了，我知道這所國中的同學跟老師們都不會幫助我，所以我本來就希望就此閉嘴，不再向誰尋求幫助了。

可是馮克航的人卻還是找上了我，甚至是用了刑具來威嚇我，即便我說了我不會再做什麼了，可是我還是遭到了一拳毆打，我到底爲何會淪落到那種地步呢？我到底做錯了什麼呢？

如果有神明的話，祂應該早就要來幫助我了，即便我一次次地許下願望，可是始終沒等到神明的幫助，祂甚至縱容馮克航那群人的存在，我就不會走到死亡的地步了。

所以，既然沒有神明，我就自己來當。

我就自己來懲罰那些惡人，即使是在我殺人的時候，也沒有任何力量來阻止我、干涉我，我甚至可以自行將人拖入我的空間、自行操控時空，這樣的我，和神明有何區別呢？

神明做不到的事，就由我來做。

在我死後，我得知當初威嚇我的那群人，是馮克航的親戚派來的。

她們在我殺了馮克航父子後，爲了掩人耳目，偷偷地將他的弟弟接到她們家去住了，正好我跟著他弟弟，就這樣順勢進了伊云熙母女的家裡。

她們也必須爲了當初的事付出代價。

我忍了好長一段時間，只是在我終於準備出手時，伊云熙帶回了一個有靈異體質的人回來，她似乎發現了我的存在，我只能暫時躲到他處，否則讓伊云熙母女逃掉的話，一切就毀了。

所以在那位有靈異體質的人回去後，我立刻就出手了。

我讓伊云熙感受了我一路以來的痛苦，我讓她知道她所「敬仰」的母親大人，私底下是個怎樣的人，是個爲了包庇加害者而去威脅被害者的惡人，簡直該下地獄。

所以我讓她偉大的媽媽被我活著分屍，最高尙的母親大人必須來個史詩級的死法呢。

而那個伊云熙，我本來想要放過她的，只是她竟敢質疑我爲何要這樣殺了她媽媽，她都知道她媽媽做了些什麼骯髒事了還敢質問我。

最令我無法忍受的是，她竟然如此相信神明，她竟然如此敬仰著神明，敬仰著她爸爸的牌位。

所以，我只好讓她認清現實，我直接從她最敬仰的神明桌裡出現，並在眾多神像及她爸爸的牌位面前將她活生生抓走。

她死前的感受我十分滿意，那種信仰被硬生生打破的絕望，讓她也體會一下。

神明啊……

神明大人啊，如果您眞的存在，會任由我這樣嗎？

而那個葛宇彤，不明就理的指責我是一個濫殺無辜的怨靈，本來並沒有要針對她的，但她一而再再而三地挑釁我。

甚至還妄想要用法術將我除掉，這才是天大的笑話。

只看見事情的其中一個面貌就急著妄下定論的人，本質上跟那些旁觀者、助燃者是一樣的，都是加害的幫兇，這種人我不能容忍讓她活在世界上。

但是我有其他主意，我必須讓她體會看看被誤解的感受，讓她自己也親身體驗，角色反轉的感覺，今日她指責我，他日由別人來指責她，這才叫做教育，這才叫做正義。

那個正義的葛宇彤去哪了？

當初那個說「人類並沒有那麼脆弱」的正義人士去哪裡了？

居然僅是這樣就發瘋，實在是太好笑了，妳就一輩子都活在世人的指責下吧，這可比死了更痛苦、更難受。

在那之後過了一個學年左右，翊容認命地做好自己該做的事，不去招惹其它人。只是大家還是不願放過翊容，當老師叫翊容叫醒坐在他前面的雅雯時，雅雯氣得轉過頭來罵了：「白翊容，你叫屁啊！」

「是老師叫我叫妳的啊……」翊容委屈地說。

「我管你的，少碰我！」雅雯不爽叫囂。

而這些老師明明都在眼裡，翊容不相信他會沒看到，卻還是任由雅雯這樣罵他。如果說馮克航是頭頭，那雅雯就是女生裡的老大，這樣的人坐在他前面，基本上處於四面八方都是霸凌者的局面，可是即使這樣，翊容也要咬著牙渡過。

每次在翊容被馮克航弄完後，雅雯就會領著女生們來笑他，讓他在班上更加沒有面子。

甚至在每次翊容經過時她座位時，雅雯就會故意身出腳來絆倒他，他跌倒後雅雯就會罵他說：「喂！你把我的鞋子弄髒了不用道歉嗎？」

然後周圍就會聚集人來看他「被」跌倒後還要被罵的蠢態，如果馮克航也在的話，他一定會伸出腳來踩他的頭或是手，一個一個都是霸凌者。

每天翊容回家後都在做一個詛咒稻草人，上面一個一個寫上了他想詛咒的對象，有瑋瑋、阿峰、雅雯，馮克航等等，他覺得這樣的自己好可怕，可是他眞的好恨，他找不到其他管道可以來發洩。

好可怕……？

是的，自己變得好可怕。翊容清楚地認知到這件事，可是這不是他自願的，他是被逼的，一切都是他們逼的！

剩下一個稻草人，他本想寫上李……不，還是邱嘉欣好了，那個班導十分可惡，非常地可惡。

他不恨長庭，他只是難過，爲何馮克航那些人轉移目標後，長庭就離自己而去了呢……？

才剛想到這裡，隔天放學時，長庭就找上翊容了，他偷偷跟著翊容來到離學校不遠的家樓下後將翊容攔住。

「你爲什麼跟著我？」翊容有些難過地問，「平常不是都對我視而不見嗎？」

「對不起……」長庭流出眼淚，「我眞的對不起你……因爲我不想再被霸凌所以對你……嗚……眞的很對不起，我是個儒夫……」

「長庭……」見到長庭這個模樣，翊容的心又像淌著血一樣，「我沒有要怪你的意思，這本來就是我自願的，怨不得你啊。」

「我有好幾次私下向班導，向老師們幫你求助……」長庭愈哭愈激動，「可是他們……他們都不理我，他們都說這不是霸凌，他們都說叫我管好我自己就好……對不起，我幫不上忙還當了個可惡的旁觀者……嗚……」

翊容看著長庭拼命擦著淚的模樣，也心軟了下來，他向當初一樣抱著長庭：「好了，沒事的，這不是你的錯嘛，錯的是那群加害者。」

「可是我是旁觀者……」

「你不是旁觀者啊。」翊容溫柔地說，「你也跟我一樣，只是受害者罷了。」

長庭在翊容的懷裡，也逐漸冷靜了下來：「謝謝你……」

接著在沒有人看見的情況下，長庭對翊容做了一個動作。

翌日，翊容在放學時，確認四下無人後，從書包裡拿出了一個寫著「馮克航」名子的稻草人，接著到他的座位上，瘋狂的拿起鉚釘來往他身上扎。

「可惡的馮克航。」他憤恨地扎著，「都是因為你，害我的人生變成這樣……」

他愈扎愈大力，有好幾次差點戳到自己的手，可是他還是冷靜不下來，因為這個人，把自己的人生變成這樣，他只希望他趕緊去死。

然而令他沒有想到的是，馮克恆竟然會折返回來。

「你在幹嘛？」馮克航倏地拉著他站起來，翊容手中的稻草人與釘子隨即滑落，「你竟然敢偷偷詛咒我？」

「我……」翊容臉色十分難看。

他剛才明明確認過周圍沒有人的……

「沒用的孬孬，不敢反抗只能用這種智障手段來洩恨是不是？」馮克航打了打他的臉頰。

「都是因爲你……」翊容小聲地說，「你眞是個可憐的人！」

可憐的人，翊容又說了那句話，那句引燃馮克航導火線的話。

「你說什麼？」馮克航眼神迸出怒火，「你給我過來！」

語畢，克航便用力踐著翊容的手，硬扯硬拉地將他拖到廁所裡，這天放學時間二年級整層樓都沒有人。

「不要！」翊容想掙脫，但力氣遠比克航小，「放開我！」

就這樣，翊容被馮克航拖到了偏僻的殘障廁所，他邊瘋狂地毆打翊容、煽他的巴掌，邊怒罵他是個沒用的廢物。

然而，在看到翊容瑟縮在角落楚楚可憐的模樣，讓馮克航起了一個歹念。

接著就發生了那件，不，那些可怕又齷齪的事情，這些事……成了擊垮翊容的最後一根稻草。

從那天下午過後，我每天每天都受到馮克航的「羞辱」對待。

我甚至覺得自己成爲了一個玩偶，一個任他玩弄肉體的玩偶，我再怎麼樣也不會想到馮克航竟是如此喪心病狂。

那幾日是最痛苦的，回家後根本無法裝得一副什麼都沒發生的樣子，只能每天每日窩在臥房裡哭得一蹋糊塗，我感覺我的顏面掃地，一切都挽救不回來了。

我太痛苦了，這也直接導致了我自殺的原因。

但令我更想不到的是，最令我感到氣憤得不是生前的那些遭遇，而是在我死後，馮克航那群人依然沒有感到任何後悔與罪惡感，這令我憤恨不已。

我當初自殺的目的除了脫離痛苦以外，就是希望那些人能夠學到一點教訓，然而我的死依然起不到任何作用。

我開始懷疑人性眞的本善嗎……？

不管怎麼樣，既然我已經殺了邱嘉欣，那剩下的人我也絕對不能放過，現在的我不需要依靠什麼詛咒稻草人了，現在的我有能力，而且有絕對的權力去殺了他們，就像他們殺了我一樣。

就像最初一樣，我在死後首先操弄了他們心靈，故弄玄虛地讓他們看見我的幻象，讓他們聽見我死亡時的麻繩所發出的吱……吱……聲。

我讓阿峰、瑋瑋，雅雯都做了我的夢境，每個夜晚都折磨著他們。

然而阿峰和瑋瑋雖然害怕，卻還是像往常一樣會開著視訊討論著明天要怎麼欺負其它同學，我在死後得知他們幾乎每晚都會這麼做，討論著明天要用什麼手段來對付我，這令我更加憤怒。

而他們居然又把目標轉移到了最初的長庭身上，這讓我更不能忍。

於是在那天晚上，我同時出現在阿峰、瑋瑋，雅雯的家裡，將他們拖入我的空間裡給殺了。

當初他們幾個是怎麼對我的，死後的現在，我全都知道了，所以我用相同的方法殺了他們。

接著再找上馮克航，我心想不能只是殺了他那麼簡單，而是我「借用」了一下他的爸爸，讓他的爸爸來充當一下我的人偶。

就這樣，馮克航在我的引導下，親手殺了自己的爸爸了，他害怕得尿濕了褲子，我笑得不行，原來這樣的馮克航也會有怕得失禁的一天啊，過去我褲襠總是被他潑水嘲笑，現在卻自己眞的尿濕了褲子，多麼的諷刺啊。

在高興之餘，我也沒閒著，我從天花板上用自己的手將馮克航給吊了上來，他那掙扎的模樣與當初的我一樣，我就要讓他感受到與我一致的感受，一致的死法。

同時還讓他背上了「國中生弒父後畏罪上吊自盡。」的罪名。

死前沒有尊嚴，死後更是臭名遠揚，這令我十分滿意。

同一晚，我其實也去到了長庭那裡，我同樣讓長庭看見了我的幻象，同樣讓長庭聽見了我的吱……吱……聲，可是當我眞的要下手時，我卻做不到。

彷彿我阻止了我自己般，我無法殺下手……

在那幾次之後，他彷彿行屍走肉般，沒有了自己的意識。

是的，彷彿變成了一具空殼，任由他們玩弄的空殼，在那天去了馮克航的家過後，翊容用力地洗刷著自己的身體，好像他再也乾淨不回來似的，瘋狂的洗刷著，洗到破了皮都無所謂。

他在浴室裡邊哭邊洗，哭到眼淚都乾涸了，他不停地想著爲何是他遭遇了這一切？

他在浴室裡待了整整一個鐘頭，直到爸爸來叫他，他才關掉水龍頭，穿好衣服出來，低著頭眼遮掩哭腫的雙眼裝做沒事一樣，不過他眞的已經沒有辦法再忍受下去了……

自從那天過後，他沒有一日是睡好的，他只要睡著就會夢到他被馮克航那畜牲羞辱的畫面，更別提現在了，他像個人偶一樣任人上了。

他根本沒有辦法睡，睡了又做惡夢，起來後哭，睡了又做惡夢，起來後哭，一直重複循環著，直到早上。

而且到了早上，他依然得去上學，他不能讓爸爸發現有何處不妥，他還是得強忍著身心上的創傷去上學，他還是得要面對那群畜牲。

「你還好吧？」爸爸在出門前問著，「是不是昨天沒睡好？」

「沒有。」翊容搖著頭，「我沒事。」

「是嗎，那我出門去囉，等等路上小心。」爸爸隨即就出門了。

翊容硬是擠出一個微笑，送爸爸離開，然而，他們彼此都永遠不會想到，這會是他們這輩子的最後一次見面了。

翊容走在往學校的路上時，每一步都好沉重，沉重得快喘不過氣來了。

好想離開……

好想離開學校，好想離開這人世間……

這些念頭在翊容的心底炸開來，他已經不覺得活著有什麼意義了，一切都被他們毀了。

當天早晨來到教室時，大家便發覺翊容走路的姿勢便怪怪的，馮克航那個畜牲更加故意地大聲說：「白翊容，你是娘砲嗎？那什麼走路姿勢啊？」

全班都在嘲笑翊容：「哈哈哈你是不是被幹過啊！」

這讓翊容更加無地自容，何況誰能想到班上同學的玩笑話竟然是眞的呢……

在他坐上自己的座位時，竟又被膠水給黏住了，整個褲子上都是，這讓全班更加大聲地笑了。

這似乎成了令翊容絕望崩潰的引爆點，翊容帶著書包低著頭迅速往外跑了，跑出去的過程中來可以聽見從後方傳來的源源不絕的笑聲。

而班長追了上來，詢問翊容要去哪裡，此時的翊容已經無法冷靜下來了，他只是迅速回了：「我跟班導講了我要早退！」就往學校外逃走了。

翊容沒有從正門出去，因為那樣警衛一定會攔下他，沒導師證明無法出去，所以他往矮矮的圍牆上爬了出去。

此時的他只想要離開，爬出來後他路過一間賣著靈異玩具的店，他透過玻璃看見裡面賣著上吊用的麻繩。

啊……他似乎知道了怎麼擺脫這一切的方法了……

「這樣的人會被霸凌也是活該吧。」

那個叫柏硯芯的，和當初霸凌我的馮克航一樣可惡，居然還敢到我當初的教室來玩什麼碟仙，我把她殺了只是世界上少了一個敗類而已。

不過我又有不同的點子了。

這個柏硯芯，囂張跋扈，從來不把任何人放在眼裡，對自己的爸媽，對同學們都是一副高高在上的模樣，看了眞是令人想吐。

所以我想，不能夠只是把她殺掉那麼簡單，她既然自己跑來了我的地盤，觸怒了我的底線，那我也得讓她親身經歷一下我的感受，被她霸凌的人的感受才行。

從她進到我當初進去過的賣著靈異玩具的店開始，我就掌控著她的心靈，我知道她不久後將來我的地盤挑釁我，還說什麼當鬼一定很有趣，既然如此我就幫她一把。

幫她實現想當怨魂的心願。

我從剛死去那時就知道未來會有這麼一個不長眼的傢伙了，所以我讓班導來幫了我一把，讓班導負責去嚇嚇她。

班導自己都不曉得，她成了被我操弄的一枚棋子了，還有其它被我殺死的人也是。

而柏硯芯，我想給她一點特別的待遇，把她同化。

我讓她在我製造出來的幻象中反覆受難，反反覆覆，讓她知道那是什麼感受，她的世界倒過來了會是什麼感受。

直到最後，我讓她自己選擇，要繼續在幻象中受難呢？還是成爲跟我一樣的存在呢？

很明顯的，她在我的幻象中猶豫了快一個星期後，她終究還是選擇了走上跟我一樣的道路，我把她變成了第二個我。

而在旁人眼裡，她只是個不知爲了何事跑進我當初的教室自殺的人而已。

「絕望吧？怨恨吧？想殺掉所有的人對吧？」

「妳想成爲怨靈不是嗎？現在就可以達成妳的願望了。」

「沒錯，與其這樣痛苦地活著，不如變成跟我一樣的存在吧。」

「沒事的，妳可以在妳的世界繼續當妳的女王。」

「一個只有妳存在的世界，哈哈哈，自己當自己的女王，沒人會忤逆妳。」

「可憐的霸凌者啊，怎麼會淪落至此呢？」

而在最後，她自己也被刊登在了她當初看的那個網站上了，多麼諷刺的一件事啊？

哈哈哈哈哈。

翊容的腳步搖搖晃晃的，好像隨時會跌倒似的，他的書包裡現在正裝著可以讓他擺脫這一切的道具。

現在是上學上課時間，路上好像一個人都沒有，又或是他根本不必去在乎那些了，所有的一切現在對他而言都是無關緊要的。

他看著狹小的巷弄間，不禁感嘆，他這短短十四年的人生裡，就一直生活在這麼一個小小的彈丸之地裡。

而他這段人生裡，幾乎從來沒有過好朋友，就連被霸凌、被性侵時，他都沒有一個任何可以求助的對象，他回顧過去這兩年的國中時光裡，總覺得一切又好像一個笑話一樣。

被霸凌者還得聽那些檢討被害者的言論，還得聽什麼可憐之人必有可恨之處、一個巴掌拍不響，沒有親身經歷過就別說出那些高傲的詞句，無法幫上忙就別說出那些落井下石的話。

人是多麼可怕的生物啊，多麼會落井下石啊。

遇到被害者，第一件事情不是安慰，不是幫忙，而是說出一些責備的話語。

在他被霸凌時，所有的老師同學都看在眼裡，可以沒有一個出面幫他，而是附和著那些霸凌者，老師們在上課時笑稱：「翊容啊，你還有沒有被欺負啊，哈哈。」，同學們跟著一起笑，一起排擠他，笑他。

難道在他們的眼裡，被霸凌的人就不是人了嗎？

他回想著這所有的一切，對這毫無道理的一切，他的心底滿是無名之火。

但現在一切都沒有意義了，他很快就要結束一切的痛苦了。

他回到家裡，打開他的臥房門，將綁成圈的麻繩「咻」一下往天花板上的吊扇掛上去，他要將頭套上去時心底滿是絕望與怨恨，他希望自己的死可以給那些人帶來一些打擊。

他要讓他們知道，他們親手「殺」了一位同學。

此時，他的手機發出了響動，但他不想再去管了，他認爲現在不管是誰都無法將自己從死亡邊緣救回來了。

死亡邊緣……？

是的，現在的自已已經是一副將死之人的模樣了，他很清楚，他很快就要前往「死亡」的領域了。

他緩慢將頭套進了痲繩，掛在了脖子上，接著，把腳下的椅子踢掉了，他痛苦地掙扎了一會兒後，便成爲了一具屍體，靜靜地在那裡左晃右晃地懸浮著。

他的痲繩也發出了令人心寒的吱……吱……的噪聲。

十四歲的孩子可以做出將人逼到死亡的事，十四歲的孩子可以把人逼死了還毫無罪惡感，成人的師長可以對這些孩子的行爲視而不見坐視不管，成人的師長可以放縱這些孩子將人逼上絕路。

翊容的人生在十四歲這年，在這些人的逼迫下，悲劇地劃下了句點。

爲何我無法對長庭殺下手呢？爲何我要心軟呢？我不明白？

當初我明明是爲了幫他才招來現在的後果，可是他卻從此離我愈來愈遠，彷彿不想再被捲進來般，令我心寒不已。

所以，他也應該要在我的死亡名單中的，他也應該要爲了懦弱的行爲付出代價。

可是我卻還是無法下手，當我掐住他的脖子時，我眞的很想用力往上抬，讓他窒息而死，可是同時，我眞的很想憐憫地抱抱他……

想抱抱他，對，就像當初一樣。

想幫助他是我自己的選擇，長庭並沒有逼迫我，而且他自從我被霸凌後一直帶著愧疚感，一直到我死後他的愧疚感更重了，我感覺得到，所以我不應該把氣出在他身上。

我努力地想著這些理由，好當作我放過他的藉口……可是我在最後明白了一件事，那些都不是眞正的原因。

因爲我從小到大都沒被同儕喜歡過，他們都只把我當成一個怪人，到了國中甚至迎來那些事。

可是長庭不一樣。

他那天對著我的臉頰輕輕一吻，讓我感覺到了，愛。

後記

這裡是櫻桃，我在國中時期遭到同班同學霸凌三年，帶頭的黃某每天找到機會就會對我動粗。

在開頭一年間，黃某經常亂丟我的書、在我的桌子上亂畫，以及集結班上的男同學，在下課時圍堵我，將我帶到後走廊，或是置物櫃關起來，每到下課時我都要趕緊離開教室，不能自由行動。

即便在上課也同樣無法迴避他們的騷擾，我是十二號，黃某是十三號，他的同黨是十一號，我被夾在中間，壓根沒辦法逃離，總是被筆戳身體、扯頭髮，班導也不願意換座位、不願意正視霸凌的問題。

第二年後變本加厲，即便我有回擊也沒有用，黃某並不怕，並演變成毆打，以及肢體騷擾，經常摸我下體，用他的下體頂、蹭我的後庭，甚至是讓人拽著我到廁所，潑水到我身上等。

而班導師說要找雙方家長來處理，卻只是跟我家人說「他們只是孩子間的打鬧而已」、「一個巴掌拍不響」等檢討被害人，以及扭曲事實的言論。

有同學要幫我出聲，結果被班導直接出賣，導致自身被排擠，所以日後再無人敢替我出頭。

我們的數學老師甚至會在上課時調侃我「今天被霸凌了沒啊」。

到第三年黃某在導師們的縱容下，演變成要我幫他手交，並說不照做的話，他就會讓我的日子更難過，已經被折磨得遍體鱗傷的我只會乖乖照做，他在任何場合都敢這麼做，還帶我去他家強制替他手交。

以上是簡短的眞實故事，補充內容可以參考我的頻道影片，櫻桃的動畫與經驗談。

而初回版在二零年發行，經過了四年，也發生了很多事，例如走了幾遭司法程序，結果什麼都沒有得到。

當年的班導依然恬不知恥地說她什麼都不知道，甚至認爲我當牛跟黃某「玩」得很開心，再次見到她的那張臉依然令我作嘔。

教我們二班、那個調侃我的數學老師也是，一個個都非常噁心。

至於黃某，我這輩子都不想再知道他這個人了。

現在的我已經吃藥七年多，重鬱症沒有好轉、中度身心障礙，失去了部分生活自理能力，都與我國中那地獄般的三年息息相關。

相信我，壞人永遠都活得很逍遙自在，班導現在還在教學生，還是同事眼中的「好老師」，而受害者只能用一生的時間來治癒傷口，還要面對各種檢討被害者的指控。

對我自己、以及所有有過類似經歷的人說一聲：「辛苦了，你能夠活到現在眞的非常了不起！」。

國家圖書館出版品預行編目資料

怨恨 Bullying／櫻桃怪著. --初版.--臺中市：白象文化事業有限公司，2024.05
面； 公分
ISBN 978-626-364-310-9（平裝）

863.57 113003586

怨恨 Bullying

作　　者　櫻桃怪
封面設計　櫻桃怪
發 行 人　張輝潭
出版發行　白象文化事業有限公司
412台中市大里區科技路1號8樓之2（台中軟體園區）
出版專線：（04）2496-5995　傳真：（04）2496-9901
401台中市東區和平街228巷44號（經銷部）
購書專線：（04）2220-8589　傳真：（04）2220-8505
專案主編　李婕
出版編印　林榮威、陳逸儒、黃麗穎、水邊、陳媁婷、李婕、林金郎
設計創意　張禮南、何佳諠
經紀企劃　張輝潭、徐錦淳、林尉儒
經銷推廣　李莉吟、莊博亞、劉育姍、林政泓
行銷宣傳　黃姿虹、沈若瑜
營運管理　曾千熏、羅禎琳
印　　刷　百通科技股份有限公司
初版一刷　2024 年 5 月
定　　價　250 元